TERRAS nacionais e terras estrangeiras

Kotter Editorial
2021

TERRAS nacionais e terras estrangeiras

Tiago Basílio Donoso

coordenação editorial
Sálvio Nienkötter

editor executivo
Raul K. Souza | Francielli Cunico

editor-adjunto
Fernando Lajus

capa | projeto gráfico
Paula Villa Nova

produção
Cristiane Nienkötter

Dados Internacionais de Catalogação na Publicação
(CIP)
Angélica Llacqua CRB-8/7057

Donoso, Tiago Basílio
Terras nacionais e terras estrangeiras | Tiago Basílio Donoso
Curitiba: Kotter Editorial, 2021.
120p.

ISBN 978-65-89624-13-4

1. contos brasileiros 1. Título "Terras nacionais e terras estrangeiras"

CDD B869.8
20-4467

Kotter Editorial
Rua das Cerejeiras, 194
82700-510 | Curitiba/PR
+55 41 3585-5161
www.kotter.com.br | contato@kotter.com.br

1ª edição
2021

SUMÁRIO

Pão

Trabalho de domingo a domingo mas não penso nisso, porque sei que a consciência é pânico. Sou pequena e minhas mãos são incomodamente geladas, grandes, de unhas sempre feitas e essas mãos anômalas são o meu maior orgulho. Nossas mãos são nossos senhores. Tenho um bom marido, boas mãos e bons filhos. Estes saíram de mim todos pela madrugada, assim como os primeiros pães, que sou eu quem faço. Inauguro o dia: um banho quente ainda durante a noite, até que a água me desperte, o portão da garagem abrindo-se em cólica, e então dirijo minha pequena moto de modo tão mecanizado que se assemelhe a sonho. Inauguro o dia junto com os pássaros que mesmo de madrugada concentram essa força descomunal que é preciso para voar e que são cientes, no céu azul marinho e sem vitaminas, suado de nuvens pela fria febre de seus prédios e árvores abandonados, cientes de que os astros e as forças mais brutas giram em redor de nossos ovos. Porque essa parte da cidade ainda não foi construída mas já está devastada, e há ovos por todos os lados: no lixo limpo dos carroceiros, ovos de joaninhas, ovos de pulgões nas árvores que resistiram por acaso à chegada do bairro e seus tijolos, que também estão por dentro e por fora repleto de ovos pretos, e ovos debaixo da terra e no rio morto, coagulado de sofás fantasmas, de eletrodomésticos-ninhos, paredes embaralhadas e jogadas como um punhado de feijões não-germinativos, e armários e criados-mudos, esperando que todos nós sejamos junto com eles considerados lixo no dia do juízo. Todas essas coisas em que não acreditamos nos definem, e essas coisas abandonadas são nossa verdadeira religião, os ovos de uma natureza macho. O vento entra pela fresta do capacete: essa vida em que a alegria é tão importante quanto as irritações. Nas ruas, avenidas e atalhos passo pelos outros ou sou ultrapassada, desvio dos obstáculos, e de tal modo isso nos entra pela alma como o desjejum de nossa comunhão social que todo o restante da vida torna-se trânsito. Os animais são parecidos às ervas que pastam, o gato pesado torna-se aéreo como um pássaro, e seu olhar está sempre digerindo cantos. As casas pichadas, as camisinhas caídas no matagal à margem do rio e suas sementes de homens, o batom, as gavetas, o entulho, não são nossos restos, mas aquilo que entregamos em sacrifício. Então, na meia-luz barulhenta de máquinas, na padaria, resumo o trânsito com coração de lixo nas broas e no pão de sal, com sua grande cicatriz branca. As vestais estão mais uma vez fechadas, longe das vistas, e obedientes a receitas reprodutíveis como coisas sagradas, que são sexuadas feito animais, a receitas teológicas e a mãos resplandecentes de hormônio. Arrancamos todos os dias de nossa história religiosa essa fornada de pães mecânicos, essas glândulas de um Deus lêvedo, pois nós, as padeiras, limpando nosso suor no antebraço, sabemos que os verdadeiros anjos de Deus são infinitos, pequenos e digeríveis, e sacrificam-se como sóis em expansão contra os pomos da fome. Basta que esperemos: esses ovos todos, o trânsito interior, a planta de um pão que cresce no fogo, e as geladeiras vazias e os sofás raquíticos florescerão, à margem do rio, como figueiras futuristas, para darem em figos nutritivos ainda no fim do mundo.

Esquartejado

Sou um homem, o que significa dizer que meu nome apenas eu conheço. Os outros chamam-me para que eu atenda, mas não para conhecerem-me. E o que sou eu? Digo que sou a medida exata do que escapa quando chamam meu nome.

Nas igrejas onde pisei, a fumaça subia aos céus em rococós de ouro. Havíamos permutado o assassinato pela reprodução de figuras deliciosas de suplício; esculpíamos padres derretidos, madonas gordas e de seios diminutos olhando os anjos com lascívia maternal, potestades seminuas, os mamilos dos rapazes intumescidos pelo martírio; nossas igrejas eram ora vermelhas como mucosas, ora coloridas com todas as cores que um homem vê em um dia reunidas, mas sempre algo abafadas, porque somos leais, expansivos e parcialmente misteriosos (a parcialidade no mistério é sua multiplicação) ao modo dos fungos e das festas religiosas. Os olhos desses pequenos anjos ao lado do altar-mor eram desmedidos, abertos como os de quem toma consciência de largo fogo. Quando os corpos eram rígidos - dessas estatuetas - seus dedos sonhavam sonhos de caranguejos. Suportávamos os ricos senhores e senhoras porque, na igreja, transmudavam-se em outras pessoas.

Sabíamos que os sinos eram as primeiras armas de guerra e que tinham caráter e nome. Capacetes tremendos, ao balançar produziam o doloroso agudo do que é pesado e grave, um som estranho, proveniente das leis gerais do equilíbrio e, portanto, em consonância com certo vai-e-vem próprio que é a ideia fundante de todo o universo. Uma máquina de transformar o peso, a substância aguda, o movimento e a inércia em som - uma usina imaterial. E lá dentro, no altar lateral, o santo - poderoso e cafona, simetricamente calvo - sorria sem mostrar os dentes, sabendo de todas essas coisas que não cessam de assombrar-nos. Quantas coisas mais não saberia, se a cada espanto nosso encontramo-lo com a mesma expressão saborosa, doida e onisciente? Aquele sorriso era, portanto, uma das chaves para todos os mistérios, e explicaria essa coisa meio sistema meio fechadura que é a noite, a agonia, a coincidência do sob e do sobre e entre a auréola e a forca. Mas imitar seu sorriso já não era mais suficiente, pois o bispo o fazia, e era apenas velhaco.

O constante som de cascos de cavalo tonificava nossas relações sociais: bebíamos café a três em uma mesa crua de madeira e escutávamos o triplo som do trote e isso nos certificava de que não estávamos sonhando, já que os cavalos são silenciosos nos sonhos. E então eu olhava para trás e via o meu escravo, que prontamente desfazia seu sorriso desconcertante para trazer a bacia com que me lavaria as mãos. Mais tarde, dividiríamos uma cachaça para enfiarmos a conta-gota na noite uma unha de alegria, e ele se aquecia no escuro marchetado de fogo, e pelo contato com a cachaça seus dentes, exibidos pelo sorriso de cabeça baixa, deixavam descer uma lenta cortina de sangue das gengivas. Nós o chamávamos de negro, para não termos que chamá-lo Alexandre.

Nas casas de fundição havia calor e o repicar de martelos e o cacarejar assustado de galinhas recém chutadas. O ouro sempre teve cheiro de suor. No andar de cima o intendente escrevia poemas metrificados na escrivaninha imensa, para purgar certo veneno que há nos números. Eu iria para casa e tentaria escrever poemas também, porque somos sombras e sombras não se movem sozinhas. Não eram, contudo, tão bons, pois ao contrário do intendente eu ainda não sabia quais venenos me saturavam o sangue. Quando, menos por intimidade que por vaidade incontrolável, ele me chamava ao andar de cima e me lia um de seus poemas, eu não os entendia. Pensei que para destruir essa distância entre eu e ele, o evangelho do apocalipse havia sido escrito em linguagem tão distante que, face a ele, eu e o intendente seríamos iguais. E ansiava em voltar à igreja, onde o padre, latinista bêbado, articulava as palavras com secreto orgulho para seduzir a tábua de sacrifício, enfiada debaixo dos panos do altar.

Agora, estou sentado aqui. Limpei esse chão com lágrimas e cuspe. Poli o piso também com metade da água da xícara que me refletia o rosto. Feri as mãos até que tudo estivesse dolorosamente limpo, sem saber que fim levou Alexandre. Mas aprendi algo. Aprendi uma única coisa, e que talvez orgulhasse meu escravo. Entendo que limpar obsessivamente algo nos aprisiona. Que qualquer mancha posterior nos levará ao desespero. O grão de pó no piso limpo é atroz: é a própria morte, a poeira bíblica. Sei agora por experiência que a higiene é uma forma agressiva de angústia e, pudesse voltar atrás, seria mais brando com Alexandre. Entre todas as cores que pode ter um piso, o branco é a mais temível, por naturalmente tender à intolerância. Limpar é preparar o ódio futuro. E entre a limpeza e a lembrança, me esqueço de por que estou aqui.

Mas não me esqueço de que nunca houve cavalos fortes como o meu. Os moleques se aproximavam dele na ladeira quando, no frio, o vapor saía das suas costas e narinas, subindo em flores, e os risinhos e os dedos apontando seus músculos dianteiros, o assombro dos moleques com a rigidez dos quartos posteriores: "Nossa", diziam, aproximando pelo pronome aquilo que era orgulhosamente meu. "Nossa", diziam, e quando perdi meu cavalo tive ódio desses moleques e me contento de ainda ser capaz de senti-lo.

Sem as dívidas que contraí, não seria o homem que sou. Sou um homem. O que significa dizer que sou o resultado do aglomerado das minhas dívidas, que todos conhecem. Sem as minhas dívidas, não teria a coragem de gritar pela liberdade, e mesmo bêbado eu seria mais silencioso. Isso não quer dizer que as dívidas tenham me imposto esta ou aquela ação, ou que tenham me tornado odiosos ou aprazíveis os meus ímpetos e o que me rodeia. As dívidas apenas, singelamente - era eu, não elas, quem se debatia, tentando evitar aquilo que fariam de todo modo - retiravam os sentidos do mundo, poliam as coisas, extraíam-lhe a paixão - e eu debatia-me com paixão redobrada - esvaziavam os interiores, esvaziavam os exteriores, faziam com a realidade como a faca que passamos ligeira na barriga da caça estendida, de tal modo que entendi que a razão da dívida não era alcançar-me, apertar-me, forçar-me à paixão, à luta, à moralidade ou imoralidade, mas sim, através de mim, atacar a própria essência do mundo e botar abaixo seus intestinos. Por ser e para ser estóica, a dívida nos torna brutais, ela que foi criada por Deus como efeito colateral da criação da alma humana. E foi assim iscado que busquei com fúria a nossa liberdade. Mas tenho ainda algo mais a dizer, agora que ouço ao fundo a solenidade da missa, a nave da igreja enfeitada de tochas, os paramentos a postos e o limpíssimo ostensório, polido com bafo de negro. Ouço o latim maravilhosamente bêbado e a condenação, e tenho apenas algo a contestar - pois todos fomos vítimas da dívida, essa coisa erigida contra o universo. Tenho apenas uma reclamação: por que essa última crueldade? Para alimentar aquilo que devora a realidade com uma porção de carne humana?

Pois ser esquartejado, como eu fui, é ridículo. Meus braços, pernas, tronco estendido, pé virado são vis, marcam-me em um gesto pela eternidade: são figuras de um tropeço terrível.

Verinha

Verinha era uma mulher extraordinária. Seu marido, que não conheci, certamente deveria ser um homem pequeno, frágil, razoável, e que tentava sem sucesso trazer Verinha de volta à sensatez. Em um misto de estratégia, com o intuito de domesticá-la, e de resignação, não era incomum que lhe dissesse, à noite, as luzes apagadas e sob o tum-tum-tum regular de um ventilador de teto desbalanceado: "Não te dou três meses para que você perca esse emprego também." Ela o mandava calar-se, pois queria dormir, e levava as duas mãos sobre o peito imenso. Em menos de um minuto, principiava um ronco feroz.

E Verinha de fato viria a perder o emprego nos três meses estipulados. Trabalhava como faxineira e era convictamente rebelde. Havia lugares do chão em que limpava com energia, beirando o ódio, mas ignorava o pó sobre os eletrodomésticos e outros detalhes que a patroa lhe pedia em vão. Não só não limpava os móveis e acima da geladeira, como achava um despropósito que lhe sugerissem tamanha estupidez. Quem lhe pedia para tirar o pó - que encardia a geladeira branca e deixava a digital inquisitória da patroa suja de terra - era a mesma pessoa que comprava triex para que se lavasse a louça. O que ela poderia entender de limpeza? Não conhecia a casa, não percebia que o porcelanato era provocativo, descarado, que a escada sujava-se sem necessidade, como que a desafiá-la, ou que o tapete da sala encardia-se em puro deboche, áspero e cínico como uma língua? A patroa de início lhe pedia, depois quase implorava, e era com muito custo que Verinha segurava-se, no afã de lhe informar que a casa em que ela vivia não era exatamente a casa que imaginava. Era uma casa má, birrenta, que se dava ares, e por vezes chegava a sugerir à patroa o terrível equívoco em que caía: "Mas a senhora não sabe o trabalho que dá esse chão", como quem quer advertir a uma mãe os filhos endiabrados que tem. E, como se sabe, nenhuma das duas coisas poderia dar bons resultados.

Mas o que Verinha mais gostava, além de beliscar as roupas no varal e de surrar o porcelanato até que ele mostrasse, servil, o seu rosto, era de conversar. Trabalhava terrivelmente, sem descanso, e quando saía do trabalho trabalhava também em casa. O problema é que o descanso para ela era uma espécie de morte, uma rendição que nem a doença poderia lhe causar. Então, o remédio era conversar; e conversando ela empregava toda sua ilimitada energia; apoiava-se na vassoura, ou no mármore da pia, e falava alto, gritava em certos momentos cuja indignação obrigava à tônica, e seu corpo grande, roliço, suava, enquanto balançava a cabeça de um lado a outro dizendo um musical "na-na-ni-na-não"; era o momento em que as convinhas de suas faces se acentuavam, possibilitando ao interlocutor ver com nitidez a menina que fora, atravessando a história de sua vida e eclodindo em um discurso qualquer em um dia quente, de sol e de panelas; menina que estava ligada à Verinha atual pela rebeldia e pelo jeito de erguer a cabeça em sereno e, digamos, invencível desafio. Então voltava ao fogão, sem parar de falar, enquanto seus cabelos loiros colavam-se à testa e atrás das orelhas bem desligadas da cabeça, cartilaginosas e quase que móveis, para limpar o rosto com o avental branco, que se imprimia do suor de sua fúria como um sudário. Preparava feijões - eram os únicos momentos de lacuna, de breve interrupção, em sua conversa totalmente desprovida de política e no entanto impossivelmente radical. Era ela mesma quem chamava seus feijões de "feijões da Verinha": o caldo espesso, levemente rosado, que escorria da concha em um único fluxo, sem gotas, formando grossas bolhas de fervura; os feijões caindo intactos no prato, com a cor das folhas novas de mangueira, e quando cortados mantendo um branco de algodão cozido, sólido e nutritivo. Ela esperava o elogio, mas este vinha antes, pela grande abertura dos olhos de quem se aproximava da panela de pressão, espantado com a regularidade de sua magia e como que atraído pelo cheiro como um cartum. "Minha especialidade", dizia com coqueteria, uma mão no quadril e o rosto levemente inclinado em um sorriso que mostrava uma dentadura bonita, resinosa, de dentes todos brancos e iguais. E nunca, que eu saiba, revelou o seu segredo.

Ninguém, no entanto, conseguiria lidar com Verinha - mesmo seus filhos, parentes e amigos - quando alguém inadvertidamente tocava no assunto genérico de doença. Se sua conversa possuía uma tendência ao interminável e ao enérgico, de modo que falava, negava a si mesma e prosseguia em um diálogo que prescindia da fala do próximo, ainda que não de sua presença, quando alguém porventura falava de doença ou morte, Verinha tornava-se uma entidade. Seguia certo rito feiticeiro e principiava por falar de outro doente seu conhecido; depois, adentrava o terreno duvidoso dos conselhos, que culminavam em listas prolixas de medicamentos, em tratamentos alternativos, em costumes da roça, de tal maneira que desenhava a história recente do Brasil através de um caminho paralelo, talvez tão mórbido quanto a própria história, e que resultava em uma profunda descrença; porém, não dita com tristeza, mas com uma confiança iluminada na própria energia, e então erguia o busto ancestral, de deusa da fertilidade, e com um sorriso no canto da boca falava de sua perfeita saúde, de um ou outro problema na lombar obviamente devido ao trabalho, mas que por delicadeza ela omitia, e então parecia crescer, inflar-se, enquanto limpava novos suores que lhe brotavam das frontes, segurando a vassoura aos modos de um cetro; tossia entre uma e outra fala, para enfim crescer mais, sem nunca dar chance a qualquer investida do interlocutor, que pouco a pouco se tornava tímido, como deve ser tímido quem atende a uma cerimônia religiosa; acabava por formar-se em redor uma aura ao mesmo tempo mística e desprezível, porque era inevitável que o interlocutor silencioso percebesse que Verinha tornava-se mais vigorosa com a morte e a doença alheia, como se assim se nutrisse, e um sentimento pequeno-burguês acometia a todos em seu redor - fossem eles crianças, professores, pedreiros, limpadores de piscina, comerciantes ricos, ou quem quer que no momento a contratasse para a delirante experiência de três meses - pois se era forçado a pensar na indelicadeza de se alimentar assim da morbidez e do sofrimento. Pois, perto de Verinha, em seus momentos de verdadeira grandeza, surgia algo de poderosamente primitivo que humilhava e oprimia, que nos envergonhava a todos, e nos fazia parecer mesquinhos por força de sua franqueza. Então, quem estivesse ao seu lado vagarosamente recuava, balbuciando desculpas, tentando aos poucos ir-se embora, escorrendo pelas paredes, batendo no aquário, olhando no celular ou no relógio; e quando já não havia ninguém mais para ouvi-la, ela prosseguia falando - livre, no entanto, para acender o seu cigarro.

Fumar. Muitos dos nossos movimentos se dão com o intuito de regulação da temperatura. Nos levantamos, sentimos a necessidade de andar e, sem darmos por isso, estamos na única nesga de sol do quintal, obedecendo a certo heliotropismo involuntário; ou sentamos, deitamos, nos dirigimos a uma cadeira que nos parece a favorita da casa mas que na verdade é um bálsamo térmico, graças a uma quase imperceptível corrente de ar. Pois Verinha era ainda mais suscetível às oscilações de temperatura, com o corpo sempre beirando o limite do superaquecimento. Nesses momentos, quando parava para fumar, seu corpo relaxava, desaquecia pela respiração regular e quase tântrica que sem o cigarro ela nunca alcançaria, e aos poucos parava de falar sozinha. Seu queixo, um pouco projetado à frente como o dos répteis, fazia com que seu lábio inferior quase alcançasse o fim do filtro alaranjado; então, com os dedos médio e anelar, levava o cigarro ao cinzeiro e lançava ao ar uma fumaça viva, pictórica, repleta de imagens em transformação que a seu modo continuavam a sua fala interrompida.

Porém, sentia-se excessivamente fresca antes que o cigarro acabasse. Não o apagava. Preferia deixá-lo queimar, enquanto retomava o trabalho exaustivo de domar o monstro de alvenaria que era a casa, de surrá-la e perfumá-la, como um titã que se prepara para um baile.

Chegava enfim o momento em que seu mototáxi viria buscá-la. O horário era sempre o acordado, às 16:30, e raramente o homem se atrasava. Mas Verinha, como em tudo, tinha seu próprio relógio interior, suas próprias regras, era excessivamente viva para que cooptasse com a ampla hipocrisia dos relógios e das pessoas que os obedeciam. Insistia em dizer que o homem estava, ora atrasado, ora adiantado. Talvez o fizesse pela necessidade de ver crescer sua fúria, para dar-lhe vazão; eram maquinações de sua energia possante, da qual ela possuía uma secreta consciência, cujo resultado era enfurecer-se e, ao mesmo tempo, sorrir sempre ao fundo, deixando transparecer esse sorriso somente de quando em quando, em uma poderosa ironia que, como toda ironia, é deboche do mundo e afirmação da própria força. O fato é que Verinha espezinhava o rapaz, não o recebia se ele houvesse chegado antes da hora marcada e gritava com ele da cozinha, sem se dignar sair a recebê-lo, enquanto ele, resignado ou particularmente nervoso, empurrava a moto desligada para debaixo da sombra delgada do manacá. Era nesses momentos que ela trabalhava com ainda mais vigor, inventava um trabalho inexistente, tornava-se ficcional e impunha à força, em seu trabalho repetitivo, uma criatividade genial, difícil para a maioria dos mortais, de por exemplo arrancar os selos de garantia de taças compradas há vinte e cinco anos e meramente expositivas, ou metodicamente lavar o pote de comida dos cachorros - algo que até então nunca havia feito, que apenas a força da criatividade autoimposta e agressiva poderia lhe haver sugerido - ou, ainda, enrolar o tapete malcriado da sala e colocá-lo no varal, que vergava como as costas de um cavalo magro, para puni-lo em seguida com a vassoura, cujos resultados eram a nuvem turbilhonante de pó que se erguia, cheirava o azul infinito acima da varanda, e satisfeita voltava a entrar pela porta de correr e se deitar preguiçosamente no porcelanato recém-limpo, e, também, fazer com que, até a próxima segunda-feira, os moradores da casa tivessem que lidar com essa estampa invertida com a marca de Verinha, que era ir à sala para comer, assistir televisão, percebendo a ausência enfática de algo que nunca haviam reparado; assim, Verinha, didática, magisterial, ensinava duas ou três lições, a tudo e a todos: à casa e seus objetos, pela aplicação da surra e por dar de ombros ao pó que retornava, sinceramente não demovida por sua audácia; ao mototaxista, que ousava lhe falar da mesquinha objetividade das horas; e à família, que dava por excessivamente garantida a casa e seus objetos, e que agora deveria sentir o prolongado choque de estranhamento para enfim dar valor ao que possuía, exasperando a dona da casa que deveria explicar um a um, ao familiares e às visitas, que sempre chegavam isoladamente, o que é que neles estava causando esse mal -estar do reconhecimento negativo.

Acontecia também de, por razões pessoais - a última viagem do mototaxista haver sido há pouco e ali perto, ou porque apenas realmente se equivocara - o rapaz chegar adiantado. Agora, cinicamente, Verinha acreditava nos relógios. Sua alegria era imensurável, e por mais que alguém se constrangesse pelo pobre trabalhador que a esperava, era impossível não ser contagiado por aquela alegria má, de maldade infantil, quando se via que Verinha, ainda na cozinha, colocava as duas mãos fechadas nos rins, de modo a avolumar-se como um pombo, erguia a cabeça e com o sorriso que fazia surgirem as covinhas de menina, gritasse, mirando o vidro basculante da área de serviço: "Ninguém mandou chegar antes da hora. Combinado é combinado" e, no paroxismo da alegria, arrematava: "Vai esperar no sol." Quando, pelo contrário, era ele quem, entrando no enredo criado por Verinha - nunca a igualando, pois Verinha era atriz, roteirista e diretora, o que acrescentava seu ressentimento, com o qual, aliás, ela contava - entrando em seu enredo se enfurecia e se atrasava (era possível imaginar o homem esperando junto aos amigos na sede dos mototáxis, fumando, cuspindo e falando mal da mulher intragável, com a qual sentia uma amarga e involuntária ligação de amizade; ou, ainda, dirigindo a moto com os maxilares apertados, passando pelos sinais vermelhos, descontando a raiva no acelerador enquanto metodicamente se programava para atrasar-se). Verinha se sentava, arrastando ruidosamente uma cadeira da cozinha, que gritava como um porco. Com um esforço descomunal, cruzava as pernas, ligava e desligava o celular, e nada fazia senão cevar sua fúria até o momento em que o pobre chegaria para dar-lhe vazão. E mais, para incrementar essa fúria, acorria a um expediente incrivelmente inventivo: abraçava a bolsa. Sim, abraçava e embalava a bolsa como se fosse um filhote, como se alguém (o mototaxista) estivesse a oferecer-lhe perigo, e empunhava essa potência de ódio que era a maternidade, algumas vezes experimentada, para fingir um ataque fictício a um filho que não possuía. Sua raiva crescia melhor assim. Ela olhava o basculante, esperava, e se alguém aparecesse por perto ela xingava o rapaz, xingava quem estivesse por perto, mas com comedimento, quase com avareza; então ouvia o libertador barulho da moto e se levantava, sua voz afinava-se e depois se encorpava, como uma sirene, e sua cabeça erguia-se, chifrando o ar como uma planta de súbito crescimento, enquanto o corpo todo tenso e firme, ainda maior, a acompanhava, e ela arrebatava o capacete na área de serviço e se dirigia para o mototaxista com a cólera do linchamento. Não é preciso repetir o que dizia; basta referir que ela mantinha-se elegante, evitava palavrões, talvez não por pudor mas por autoimposição narrativa, e sentava-se na moto para machucá-la: a garupa afundava, as molas da suspensão tocavam umas às outras e o pneu, humilhado, formava uma barriga. Alguém na casa lhes acenava tchau, mas eles, imersos em um mundo fantástico de ódio e de vingança, um mundo de drama e de vendetas autoinflingidas, iam-se embora devagar, sem notá-lo; distanciavam-se, a mulher imensa, vestida de rosa e de capacete rosa choque, o rapaz à frente encurvado, sombrio, talvez arrependido, e a mulher inclinando-se sobre ele, para falar ao seu ouvido ou para fagocitá-lo; e agora ele, quem dirigia a moto, estava completamente indefeso, tentando controlá-la pelo guidão enquanto Verinha ajeitava os quadris no assento, para demonstrar que era ela também, pelo poder de seu equilíbrio ou desequilíbrio, quem na verdade manejava a motocicleta. Assim iam-se os dois, conversando pelo capacete, ela com a pesada vantagem de falar-lhe ao ouvido como uma consciência, ofendendo-se e sendo ofendidos e ouvindo-se duplamente, nos ossos e dentro do visor abafado; e ali, talvez, eles se sentissem mais intensivamente narrativos, como Adão e Eva que se odiassem com sinceridade, o homem e a mulher antes da invenção do amor, subindo o aclive sobre uma nau sem potência e fazendo às vezes de astronautas, munidos de seus capacetes e civilizando o universo pela intriga.

Gláucio

Gláucio poderia ser sintetizado em duas palavras: diazepam e coca-cola. Podemos encontrá-lo com um machado na mão, cortando árvores, a língua apertada entre dentes e uma motosserra estralando, lançando ao ar uma cascata de serragem, ou carregando rodas de carro em uma kombi caindo aos pedaços, reciclagem ou mudança, latões, recipientes de diesel, ou fumando um cigarro atrás do outro deitado no sofá, batendo as cinzas que voam como em uma cúpula de natal, graças ao ventilador ligado. Então, assistindo à televisão, ligada em um programa de violência policial, certamente ele colocará a dose de diazepam sobre a língua e a entornará com um gole muito frio de coca-cola, ou de água meio congelada, vinda diretamente do freezer, em que por algumas horas descansou na garrafa de refrigerante sem rótulo.

Em breve, um telefonema: "Cê tá bom, meu querido?", sempre gritando. Seus olhos acendem-se para falar com seja quem for; tudo trata como se estivesse apaixonado ou conspirando. A esposa ao lado, decide falar em códigos: "E aquela vaca prenha?" Não há nem nunca houve vaca alguma. Gláucio se refere a um lote de peças de ferro, um diferencial de caminhão, um punhado de virabrequins engordurados - algo que não lhe traria dano se sua mulher o soubesse. Mas Gláucio mente, indo de um lado a outro da pequena sala, insensivelmente colocando a cabeça quase fora dos basculantes da única janela, retornando e empurrando o cachorro com a ponta do pé, que sai de rabo entre as pernas. Chega à cozinha e diz: "Você sabe que eu sou pobre, doido e nojento" e gargalha na cozinha, sem ver a mulher, cujos lábios se crispam com a insanidade de sua alegria. "Gláucio, você vai pisar no cachorro", ela diz e ele não ouve. Mentir? Não exatamente. Ele conhece muito bem a essência de certas ações humanas, e sabe que só há importância no que é tratado com importância. Um jantar entre chefes de Estado pode passar, para eles, como um evento banal; para Gláucio, o banal é o verdadeiramente trágico.

Em um mês, nós o vemos dirigir a kombi acima mencionada. Está carregada de reciclável pesado, faz curvas a

60 km/h, até quase um dos pneus desligar-se do chão. No mesmo mês o vemos com um Chevette cinzento de capô queimado, sem vidros no lado do passageiro, cujo plástico preso a fitas balança e treme inchado como uma biruta, sempre em alta velocidade. Para abrir o capô e mostrar orgulhoso o motor bronzeado de azinhavre, puxa uma corda que vai da parte externa ao quebra-ventos, e que se mantém dependurada ao lado do volante. Então, mascando um palito de dentes, fazendo-o rodar com a língua, ligeiramente gordo, ligeiramente pequeno, sempre sujo e meio quebrado como uma ferramenta, explica todo o funcionamento do motor, a recente troca de velas, de tal modo que se certifique de que o ouvinte nada entenderá. Funga, mostra os dentes, sempre amistoso, nervoso e alegre, e aperta uma peça com a mão nua, uma mãozinha pequena e rechonchuda, uma mão peluda de padre, mas que é firme feito uma tenaz. Mostra com a ironia mais satisfeita do mundo uma garrafa de produto de limpeza, atarraxada à lataria por uma abraçadeira improvisada, e que - ele explica ao ouvinte assombrado - faz as vezes de compartimento de água para o limpador de pára-brisa, que não funciona. "Pronto cabô", sintetiza. Nada o apaixona mais em um carro que essas singularidades, os absurdos resultantes de falhas materiais, e que elevam os objetos a um caráter quase humano, de lógica e de excentricidade: nada mais lógico que uma lanterna venha a substituir as luzes internas do carro, ou que um fio percorra a tapeçaria sarnenta do pe-

dal de freio ao assoalho até as luzes de led alaranjadas, fixadas a cola no vidro traseiro. Esperamos e, na semana seguinte, estaciona à nossa frente vagarosamente, o antebraço para fora da janela, o ar de quem cumpriu uma promessa: está em uma caminhonete S10, cujo volante é maior que seu tórax, sem documentos, pintada de branco com tinta esmalte, imensos pneus carecas e uma gaiola na carroceria, feita por serralheiro e aparafusada em diversos lugares com parafusos de tamanhos desiguais. Freia de repente. Está sem cinto, seu corpo balança, abre a porta antes de puxar o trinante freio-de-mão, pula para o chão como uma anão de jardim, mágico, insolente, vindo de uma terra fantástica em que os objetos, e entre eles preferencialmente os carros, se transformam a horários determinados. "Eu falei pra você", diz, dando um tapa na lata da caminhonete. Na estrada de chão, ele conta, dirigiu como em uma propaganda; "ela avôa", pula e quica nas costelas da pista irregular, e conclui: "é um cão virado no Satanás". Em comum com todos esses automóveis os nomes de mulher: Zulmira, Gerusa, Dorotéia. E sua desculpa enfatuada a cada troca: "Um homem não é nada de pé".

Gláucio já trabalhou como motorista de ônibus, caminhoneiro, pedreiro, mestre-de-obra, eletricista. Neste último, sofreu uma descarga elétrica que lhe entrou pelo ombro e saiu pelo dedo da mão. É, no entanto, um homem eletrificado, ágil, impaciente, que não pode trocar uma lâmpada sem suar de franco desespero. Mas, excetuando esses momentos em que se vê obrigado a se aproximar de um fio, ainda que encapado, não costuma sentir medo. Contudo, é certo "como esse céu que está em cima da minha cabeça" que, quem o conhece, um momento ou outro o viu chorando. Não é fraqueza, covardia, raiva, mas esse coquetel de surrealismo e de tragédia que o compõe. Chora não para ver, mas para sentir o que para ele é líquido e certo: a presença não de Deus, mas de certas entidades inescrupulosas responsáveis pela justiça, que ele odeia e ao mesmo tempo teme ofender. Ergue as mãos para os céus, sente essas entidades muito íntimas, sem cuja existência não haveria intriga, seus olhos ficam marejados, a voz lhe treme e, tendo já sentido a figura passional de um destino que não lhe favoreceu, sente também os concorrentes desejos de parar de chorar, por sentir-se humilhado, e de chorar mais, por se sentir capaz de representar um drama magnífico. Sua indecisão seca suas lágrimas.

Na maior parte do tempo, contudo, vive como se estivesse no começo de uma piada: "Tinha um português e um argentino...", é como se acabasse de ouvir; e mantém-se ativo, em constante suspense, a boca aberta para um riso fácil - exceto quando, trabalhando, precisa fazer força; então, olha, por exemplo, uma pilha de telhas, a carriola de pneu murcho, o telhado; pensa e equilibra o problema, afunda-se em uma concentração inabalável, para enfim escolher uma saída sempre inventiva e esdrúxula; pois não lhe interessa fazer algo, mas sim fazê-lo com um rococó e uma assinatura, e eis que abandona as telhas e a carriola para cortar um braço de jambeiro, que parecia provocá-lo enquanto pensava - e sempre nesse estado sustenido de princípio de chiste ele se mexe, sem nunca correr, chuta com prudência o que quer que se lhe encontre à frente, sua, amarra uma corda a uma escada, anda sobre o telhado e trinca uma telha, quando então xinga sem estar aborrecido - "quenga de posto", por exemplo - e escolhe o lugar mais alto para fumar um cigarro, acocorado. Depois desce, mordendo a língua, pensando em aprontar alguma coisa, sempre sem saber o que acontecerá, mas certo também de que será engraçado, utilizando toda sua inteligência para torcer o comum e fazer surgir o impensado. Contratado para pintar uma parede, arranja um galão vazio de produto de limpeza, serra-o, consegue um trilho de alumínio para cortinas e constrói uma pá gigante, repleta de parafusos, útil e insana. Contratado para limpar um quintal com produtos de limpeza, lava o fusca cheio de teias de aranha, troca seu platinado por uma ignição eletrônica com a qual fizera rolo em um desmanche e espera o proprietário do quintal chegar para recebê-lo com a área suja - então, inventava uma desculpa qualquer, porque ninguém seria capaz de perceber sua genialidade, sua capacidade de torcer o eixo da expectativa e promover, no lugar da comezinha realidade, uma fábula - e o fusca brilhando, novo, Gláucio de braços cruzados esperando ver em seu rosto a marca de uma surpresa comovente. Como essa surpresa poucas vezes não beirava a decepção, Gláucio forçava sua inventividade nas desculpas, que eram literárias e tinham, ao modo da hermenêutica bíblica, ao menos quatro camadas de significado: para um rapaz que o contratara para trocar peças comuns em seu carro, uma espécie de revisão, Gláucio havia encontrado melhor uso para o dinheiro pago adiantado, já que tinha dívidas realmente perigosas, e explicou, depois de uma longa narrativa: "E depois que vi que a terra entrou dentro do motor, quando liguei a bobina vi que os cabos *chicoteavam* de volta"; e insistia em repetir: "eles estão *chicoteando*". Inventava, portanto, o trabalho, o resultado, inventava explicações, desculpas, e mantinha esse ímpeto incontrolável de seguir inventando, como quem começou uma piada que não sabe como vai terminar. Nesse sentido, todo seu procedimento beirava o surrealismo, o automatismo criativo, muitas vezes explícito, muitas vezes repleto do oculto.

Da última vez que o vi, ele havia chegado para uma visita surpresa. Fiz café, ele pegou apenas uma minúscula xícara: "Senão mais tarde eu não durmo". Atolou-a em açúcar e depois lambeu a colher de chá. "Sabe, eu sou que nem cano de cerca" disse; e como tentasse falar baixo, como quem conspira, e no uso normal sempre gritasse, acabou sendo obrigado a colocar a mão ao lado da boca, como que a indicar o sigilo, já que sua voz era sempre mais alta que a minha. "Meu carro sumiu", disse. Sentamos no quintal, ele levou as duas mãos no rosto, como as duas folhas simétricas que se desenha em uma flor, e balançou a cabeça com um sentimento de estar desgraçado e, ao mesmo tempo, de se divertir. "Eu estou simplesmente no pau da rabiola", falou, balançando a cabeça. Fora enganado por um sujeito que demonstrara interesse pela caminhonete e que lhe daria um pequeno caminhão muito velho na troca, mais uns cruzeiros. Há muito que queria fazer esse negócio, pois a caminhonete havia sido convertida a gás e isso, sabe-se lá por quê, fazia-o enojar-se do carro. O sujeito que levara sua caminhonete ainda passara mais três ou quatro amigos para trás. A história, é claro, era tanto inverossímil quanto dolorosa. "Estou de a pé", dizia, e então seus olhos não enxergavam mais nada e ele quase delirava. Em breve, dizia que, quando moço, havia brigado com meia cidade, da qual posteriormente fugira. Sua tática era pular "como Van Damme" no peito do inimigo, com os dois pés, e depois correr. Ele, o Klébinho e o Sidiclei haviam colocado a cidadezinha de pernas para o ar, humilhado policiais, batido em garotos ricos, acelerado pelados em um corcel turbo pela avenida principal. Quem poderia pará-lo agora? Se nesse momento ele estava quieto, é porque havia prometido para Deus que não iria mais fazer coisa errada. E, então, depois de beber todo o conteúdo da xícara, de limpar o café dos lábios com o antebraço (engolia o café fervendo e nunca, jamais, bebia uma gota de álcool), se levantou e disse, indo de um lado a outro, pisando fundo com o pé esquerdo, depois dois passos para o lado, pisando com o pé direito, uma mão levantada, a outra emulando o gesto de arminha: "Pum, pum, pum. Vou dar tanto tiro nesse sujeito que vou amolecer o cano do revórve; vou atirar até o cano ficar vermelho." Foi então que percebi que, sem que ele mesmo o notasse, já estava de pé mais uma vez. A sua narrativa o havia agradado, e isso parecia ser suficiente.

Nudez

Naquele tempo, tudo significava algo. Então eles vieram, mais nus que as estátuas dos altares, com uma nudez que o homem só conhecia ao flagelar e ao ser flagelado. Vieram como demônios, em cima de uma carroça barulhenta, comendo galinhas vivas e, viemos a saber depois, morreram também como demônios: feito lagartos, depois de mortos suas pernas mexiam-se. Nus, debaixo de chuva, desceram pela rua direita, e como a nudez obriga à cópula ou à dança, eles copulavam e dançavam. Primeiro, ficamos atônitos; depois, ferozes.

Naquele tempo, eles vieram. Com a felicidade séria, cheia de método, rigorosa dos animais. Dançavam sobre o carro e via-se que estavam loucos. Haviam penetrado fundo demais no estreito espaço entre este mundo e o outro, aquela terra nem viva nem morta, onde crescem os pêlos da verdade. Brincavam sobre o carro feito crianças, nus: a nudez, que foi o sintoma da perfeição, para nós havia se convertido em castigo, e tanto mais forte a pena quanto mais lembrava da boaventura perdida. Homens, mulheres, meninos e meninas, arrancando da terra um carnaval que havia sido esquecido por mil anos. Não sabemos o que lhes aconteceu depois, nunca mais os vimos. Mas a pergunta ficou: quem é esse homem cínico e sorridente, vestido até a cabeça, que os carrega e açoita os seus cavalos?

Desceram a rua direita e passaram à frente da praça, cortaram o paço e desapareceram para sempre. Talvez nos advertissem de que, apesar da aparente repetição da vida em nossa vila, tudo o que é visto é visto apenas uma vez. E olhávamos com muita atenção, mesmo que o repudiássemos. Compreendemos que ver a nudez é um ato inesgotável: ver a nudez nos fazia secretamente querer mais, cientes de que nada mais havia. Queríamos uma nudez após a nudez, queríamos pela pele entender o último, o definitivo, e ansiávamos por algo que não poderia resultar em nada. Nos perguntávamos: quando terminará a nudez? No infeliz ato de pôr roupas? Serão a pele, os seios, o testículo, o braço, as nádegas as paredes da existência? Em nossas mentes provincianas surgiam por quês filosóficos, consternações místicas, estávamos tão assombrados como se nos surgissem espíritos. Casávamos intimamente a delícia e o horror. Eles estavam sobre o carro felizes, e nós ardíamos em chamas.

Naquele tempo, não havia sentido em nada - até que eles chegaram. Nus sobre a carroça, apoiando-se uns nos outros e nos batentes enquanto sacolejavam suas partes, dançando na mudez da inércia, para que o mundo, e não eles, parecesse estar desequilibrado e bêbado. Quem da vila tomasse tempo para olhar um ao outro - ninguém a certa altura o fazia - veria o rubor subir às faces e os pais e mães tomarem conta dos filhos, fazendo pálpebras pesadas das mãos sobre as pequenas cabeças das crianças. Quanto tempo foi preciso até que criássemos o rubor, invenção secular, para que fingíssemos estar queimando? Animais cujo habitat é o fogo, olhávamos a bamboleante nudez da trupe sobre o carro, as primeiras axilas vivas da Criação, os torsos brilhantes de chuva, os cotovelos escuros e o pistilo de línguas flutuantes; a nudez resumia-se a isso: olhávamos o todo, querendo conhecer a parte; olhávamos a parte, ressentidos de não poder ver o todo. A nudez, filosoficamente latejante, nos paralisava com a magia de entregar o reino dos céus e o pão de cada dia, cada um desaparecendo não em si mesmo, mas na lembrança do outro que sua imagem trazia. Percebemos que apesar de tudo a nudez nunca será completa. Aprendemos com ela que o fim, em si mesmo, sem precisar de nada exterior, sem apelar para nada que lhe seja alheio, é metamorfose. Eles passaram debaixo de raios e resolvemos chamar essa compreensão de pecado, para que nossa fúria pudesse enfim nos trazer calma.

Naquele tempo, a que nos referimos hoje como a era de ouro, acreditamos que na próxima vez que víssemos os santos eles estariam vestidos. Vendo a nudez aterradora dos homens sobre o carro, começamos a olhar com suspeita para nossos conterrâneos: pois eles também, miseráveis ou ricos como fossem, guardavam em si aquele poder extraordinário, que nos fulmina a todos, que é o de arrancar as próprias roupas. Compreendemos que assim Deus fez o universo, de tal modo que um homem nu refulgisse mais que um sol, mais que nosso passivo e violento sol. Quando deitamos um punhado de arroz sonoramente na panela, sabemos que comeremos coisas meio arbitrárias que o sol fez; quais são as insondáveis germinações da nudez? Nossa humanidade é uma imensa e ancestral biblioteca, em cujo frontispício lemos o seu nome. Antes que vejamos ruir essa biblioteca, que se dissolvam os átomos e o diálogo, iremos surrar a pele até que desapareça. Os socos e os pontapés são aceleradores da metamorfose. Da próxima vez que os santos vierem, eles virão vestidos.

Naquele tempo, quando eles vieram, pudemos enfim entender a nossa fé. Terá José conhecido a nudez de sua mulher como nós a conhecemos? E terá Maria, por sua vez, conhecido a nudez de seu homem como nós a conhecemos? Apenas para nós, Maria despiu-se de seu manto e nos mostrou que era a mãe de todos os mundos; que sua nudez era aprazível a Deus, que seu ventre, todas as noites despido em oração, era a casa física e o ovo para o criador das montanhas e dos céus; que a deusa da fertilidade poderia ser fecundada pelo vento. Apenas para nós São José igualou-se ao menino nu que tinha nos braços, e tornou-se o marceneiro magro, de pêlos e de veias fortes, preceptor do sol quando se põe, tutor da noite e do sol quando arrebenta o ilíaco do horizonte. Em redor dos dois, os meninos e meninas que pastoreiam a divindade, os anjos cínicos, sinal de que a profanação para Deus tem a forma das crianças. José e Maria dançavam sob a chuva, um seio maior que o outro, cicatrizes, marcados de mortalidade pelas estrias, alegres mas cansados da própria fertilidade, esgotados de filhos. Não digo que não fossem obscenos, mas o eram como seria obscena a nudez de nossos avós. Contudo, não estavam ali para a exibição ou para a obscenidade, mas para conhecer mais a fundo o teor de nossa vergonha, ou para nos ensinar os nossos corpos. Sei apenas que, desde então, quando vendemos nossas mercadorias, a oferta nos soa insuficiente; somos forçados a vender escandalosamente barato, conscientes de nossa nudez e ciosos de nossa pele.

Assobio

O homem que assobia é magro, um palmo a menos do que teria um homem alto; braços ossudos, ombros curvos, a pele seca e enrugada e um ar de vertiginosa bondade. Está na barranca de um rio, onde foi alocando as tralhas para pescar: um balde que foi branco quando continha cloro para piscina e se amorenou de terra e de rio, iscas em potes, massa envolta em plástico, caixa de ferramentas, a cadeira dobrável e, é evidente, as varas de pesca. Ele as ajeita em espera, feito longas antenas procurando contato com a vida subaquática, invisível. A seus pés, em uma marmita, minhocas róseas se entrelaçam, ao lado da garrafa de café.

Sentado, portanto, acomodado próximo a uma toiceira de bambus e a uma grande figueira que, como um Narciso cinzento, se projeta e se reflete sobre o rio, Vladimir acende o cigarro e faz um arremesso longo: a linha sobe, desenha uma parábola, a chumbada cai no rio e desaparece, após um choque sonoro de despedida. Não são mais os olhos quem a acompanham, mas uma percepção mais primitiva, feita de vibração, dos minuciosos choques de frequência no anzol, na chumbada, no nylon e no carbono, uma linguagem primitiva que começa pela letra Z, o zumbido da frição, a agitação da matéria viva criando tensão na linha inanimada e - como toda tensão é algo que implora por linguagem, que quer desfazer-se e por aí acaba se comunicando - a pobre palavra da fisgada, o engano atravessado no céu da boca. O cigarro que queima no chão lança no ar um nylon de fumaça, que sobe, frouxo, em direção ao firmamento.

O tempo passa e vez ou outra os peixes se agitam no passaguá: uma rede verde amarrada ao barranco e submersa, uma prisão na água, repleta com a mesma substância da liberdade. Quando eles se agitam assim, Vladimir sente uma pontada muito tênue de misericórdia. Continua pescando, dá-se um tapa no braço, mas o mosquito foge.

O cheiro do rio é forte, como de um animal especialmente volátil. O rio é verde e cintila em seu canvas amarrotado pedaços azuis de céu, árvores e nuvens, que ali se entorpecem de água e dançam. Tudo o que é refletido pelo rio como que ganha um rosto, uma rítmica identidade. O figo arredondado da figueira d'água cai e tem sua queda representada; cada vez maior, toca a água na triste queda retilínia da atmosfera; agora, submersa, sem imagem, enquanto se desfaz lentamente e entrega sua cor verde para pigmentar o rio, finalmente cai oscilando, dançando, balançando, e é mordiscada na queda por peixes sinuosos; descobre formas sombrias e misteriosas de frutificar.

Vladimir olha tudo com franqueza, quase desligamento, sem nenhum traço de enfado ou aquela sugestão de calo espiritual a que chamamos ironia. Preocupam-no o rio, os peixes, o sono, a fome; uma vez saciados os últimos, com o auxílio de um fogareiro e de uma caixa térmica com cerveja, e também de um sono breve deitado no chão, entre formigas, pensa em trocar as iscas, mudar de abordagem, alterar a conformação do chicote na extremidade do anzol. Volta a sentar-se na cadeira dobrável e confere a integridade da isca; lança mais uma vez em um ponto ainda não tentado e espera.

A quirera de milho - milho moído quase ao ponto de farinha, na qual as sementes estão trituradas, castradas em obturações de ouro, e se espalham granuladas e quase morenas - está caindo de uma sacola cheia até a boca. Ele a polvilha no remanso; a água tremula de cócegas como se recebesse chuva; os peixes pequenos, piabinhas e lambaris, vêm comer à flor da superfície. Um outro tanto, a palma cheia e esbranquiçada, Vladimir joga como um semeador na terra. Quase de imediato - é preciso que ele se distancie um pouco - o chão, ao contrário de florescer lentas espigas, floresce uma quantidade impressionante de pássaros.

São sanhaços de pena azul, azuis e aveludados como os galos do tempo; canários de amarelo desbotado, tendendo ao verde, frágeis como ovos, e canários pretos e amarelo-gema, atopetados, pombos com o azul cinzento dos sonhos, rolinhas marrons, sabiás. Uns empurram, outros se afastam à chegada de um pássaro maior, e por um instante dois sabiás comem sem concorrência. Os menores pulam no entulho, no pálete e nos rufos de alumínio comidos pelo tempo que se escoram à figueira; pulam latas descoloridas de cerveja e garrafas plásticas, um isopor fincado na terra entre folhas e que lhes é estranho como um dente, e cantam: uma assembleia de cantos metálicos, estridentes e de gritos. Gritam e se movem como crianças, e percebê-lo enche o coração de Vladimir de pena. Ele volta à cadeira, não sem antes observar o passaguá, e volta à pescaria com a vara na mão.

Não pode, contudo, ignorar os pássaros. Há algo de urgente no canto de alguns deles. Assemelham-se a diálogos, a brigas ou a puras exibições estéticas. Mas a incerteza se significam algo e ao mesmo tempo esse seu formato acabado não só maravilham, senão ofendem; a palavra, a divina palavra, o Verbo, ficam feios se comparados ao canto do sabiá. O próprio Espírito se humilha, o Logos concebe que seu poder é também ser capaz de mentir, e um canário quebra os tendões de um Deus imenso. O canto de um canário parece ser, inclusive, algo ainda maior do que o amor: é direto e objetivo, não se refreia, e, no entanto, compartilha com o horror um pouco do terrível charme do incompreensível. Olhando-os e escutando-os assim, Vladimir sabe que eles cantariam em uma gaiola em sua casa - na verdade, houve o tempo em que os teve aos montes, alimentando-os com alfaces, alpiste, rodas de quiabo e jiló. Em sua maioria, cantavam muito; o que prova que sua musicalidade não provém da alegria, e que talvez cantassem de modo ainda mais puro se se empoleirassem nos muros que delimitam a Criação. E que talvez fosse exatamente isso o que fizessem.

Mas ele os ignorou, ao menos parcialmente. De volta à pescaria, ouvia os rumores da água e do vento, o chilreado e os tons crescentes de um bem-te-vi. Reservou-os ao contexto, acendeu outro cigarro. Seus olhos escapavam da ponta da vara e entravam em digressão. Olhava sem ver a fazenda no morro à outra margem, os fios de alta-tensão embarrigados entre as torres, altas e de exoesqueleto geométrico, um ou outro avião que muito de longe perturbava todo o ar e o colocava em estado de digestão. Alguns peixes pulavam, deixando em sua mente mais a impressão de haverem saído de seu mundo e entrado no dele, que exatamente a imagem de seus corpos, excessivamente pequenos e fugazes. Duas andorinhas d'água, brancas e de viseiras pretas, pareciam buscar a cópula evitando-a, pulando entre os tocos podres e molhados de um velho estaleiro.

O cheiro de milho azedo, que ele trouxera para a ceva, empesteava o ar, deixando-o erraticamente doméstico, selvagem e agradavelmente familiar. Após jogar uma latada do milho no rio, sentiu uma leve beliscada na ponta da vara; outra; como havia muito tempo em que nenhum peixe comia, seu coração acelerou; esperou; a terceira puxada foi mais firme e Vladimir fisgou, sentindo toda a vitalidade do peixe na mão direita, arqueando a vara e esticando a linha com fúria. Depois da briga, evidentemente desigual, retirou o peixe do rio para colocá-lo no passaguá. Era o piau três-pintas: célebre, respeitado, em armadura prateada com a insígnia das três manchas, olhos vermelhos em uma cabeça algo boçal; mamava a esmo, abrindo e fechando a boca e as guelras, buscando o seio seco do nosso mundo. Arrancá-lo do submundo pela astúcia rendeu a Vladimir um orgulho passageiro. Em um dia de pesca relativamente ruim, era o que ele chamava de "ganhar o dia".

Agora era possível esperar com muito menos ansiedade. Já passava das duas da tarde, mas haveria pesca até o pôr-do-sol. Entre beliscar alguma coisa, passar repelente, lavar as mãos na única torneira do velho rancho que ainda funcionava e rearranjar as varas e trocar as iscas, o tempo passava. Os peixes ainda se revoltavam dentro da armadilha, mas com menos ímpeto. Havia certa paz - mas não uma paz qualquer, senão uma que houvesse sido apimentada, que procedesse de sutil violência. Os pássaros cantavam. E então um entre eles, cuja espécie Vladimir nunca foi capaz de conhecer o nome, começou a cantar. Era um canto estranho, repetitivo e, por que não, algo ridículo.

Por uma dessas associações involuntárias que nosso senso de semelhança nos impinge, para Vladimir o cantarolar lhe trazia à mente a velha música: "Eu queria ser uma abelha pra pousar na sua flor, haja amor, haja amor". Ele achava a canção ridícula. A havia achado ridícula desde o primeiro dia em que a ouvira, em outubro de 1987; talvez o próprio cantor, Luís Caldas, tenha se deliciado com a exibição pública de seu lado patético, ou mesmo tenha traficado o som da natureza para o mundo comercial. Trinta e três anos depois, Vladimir seguia assobiando a mesma canção, sempre que, na beira do rio, ouvia o tal pássaro. E depois em casa. O toque de ironia foi se desfazendo sem nunca perder-se de todo - no início era uma piada, elaborada e quase imperceptível, dirigida aos mais atentos. Mas mesmo quando os companheiros de pesca foram se distanciando, mesmo quando decidiu pescar sozinho, ouvia o canto e assobiava. Um pouco da ironia mantinha-se preservada. O prazer de produzir essa alternância de notas e de mimetizar com leve despeito a natureza o haviam seduzido. E, então, uma longa e sedimentada alegria, parcialmente juvenil, uma ousadia sem consequências que mantinha como que fossilizado um piadista dentro dele que não havia vingado, se aquecia, fervilhava, ganhava pressão; e de seus lábios em bico encontrava vazão, e finalmente som - puro som, com um longínquo maneirismo de ironia, treinado por tantos anos que havia adquirido um traço de coisa acabada. Sem um significado preciso, o assobio de fato adquiria semelhança ao canto dos pássaros; seu rosto ossudo, alterado em função do afunilamento dos lábios, dava-lhe um ar estranhamente ornitológico; e o pássaro imitado, por um instante aparentemente confuso, parecia piar de volta, retrucar. Mas, somente que dessa vez era possível ouvir em seu canto um dolorido tom de dúvida, quase de interrogação. Essa incerteza, ali, no meio do mato, à beira do rio, enfiada pela ironia no canto de um animal como um espelho côncavo, arrancava-o momentaneamente de sua natureza e o arrastava, como se Adão, assobiando, quisesse levar um pouco da tranquila consciência do pássaro que se empoleirava no muro consigo para fora do paraíso.

A vaga sugestão de metempsicose contida em "eu queria ser uma abelha" se dirigia diretamente à natureza. Como se dissesse: "Gostaria de ser todas as criaturas, mas não posso; por um instante, pela força reflexiva da ironia, em um instante de dúvida seremos todos jogados para fora de nós mesmos; sem encontrar refúgio, de asas cortadas para a migração da essência, retornaremos, pela força de uma piada, eu e o pássaro, assustados para os nossos corpos."

Vladimir abriu mais uma lata de cerveja. Era quase hora de limpar as barrigadas e ir-se embora. Os peixes pulavam, por volta das seis horas da tarde; a coxa do sol vazava o sangue com que acolchoaria a noite; morcegos em rasantes voavam e comiam os insetos, os perinolongos flutuavam a um palmo da pele de Vladimir, pelo assombro químico do repelente; Vladimir inclinou-se, para ver os peixes que pulavam, ali mesmo, à beira do barranco. Inspirou o cheiro forte do rio, assobiou. E então viu seu rosto, a lata de cerveja na mão. E viu que seu corpo vibrava, em todos os limites da forma. Viu que seu corpo dançava, sem música, com ironia, e também com um quê de ridículo e de sinistro.

Morno como um rubi

Peixes assustados no aquário antes do clarim de guerra. A fumaça da verdade sobe de um canteiro de obras, a betoneira girando como um peão massivo, o fogo viciado em igrejas fabricando funis de fumaça, que abrem seus olhos dentro do céu. O momento em que os peixes, saltando, saem da água, os marcará para sempre. Vemos, no mesmo instante, os anjos do Senhor e um coração pulsante em uma bacia de cromo. Vemos os anjos em roupas cinzentas, cinzentos como recém-sacrificados, os patriarcas dos santos que sobem da adstringência para a luz, e dançam em redor de Deus, deslizantes, como se estivessem em meio líquido, uma perna estendida feito rãs musicais, primavera em tons de negro e cantaria. O céu poente, cor de trânsito, o motor que ruidosamente gira para produzir silêncio, abrem o curtíssimo e úmido espaço entre duas vogais e deixam que passem os anjos - visitantes, imigrantes, refugiados da música celeste, e cujas roupas se emplastram de vermelho e de azul, cor da Terra, como sinos que se convertem em sirenes. E o coração. O menino Jesus de sangue. O Cristo coagulado, que visitam na Santa Casa de Misericórdia. Ajoelham-se sob holofotes articulados, luzes inseto e o branco teratológico das paredes e dos frascos perfeitos. Ao lado, o sudário da gaze alaranjada pela ferida, o instável crucifixo de um conta-gotas, tesouras, pinças, serras e bisturis opacos pelo uso, o frio curativo dos corredores de um prédio emendado à força, corredores incicatrizáveis, em cujos vãos ficam assim expostas essas entradas para a morte, com escorregadores de lixo. Os anjos ajoelham-se em redor da manjedoura de alumínio, ao fundo a música obtusa dos ares-condicionados. Comovem-se ao som da palavra "saúde", como nós à menção da palavra "suicídio": sentem nos lábios a divina perplexidade de um tabu, e assim abrem as bocas e os olhos, como peixes. Se não os conhecêssemos, pela forma como se aproximam do coração fresco, não relutaríamos em afugentá-los em asco. Estão às costas dos cirurgiões e enfermeiros, estes enfeitados de sangue, de seriedade, com facas nas mãos e sem traço de misericórdia. No leito, essa coisa vaga, sem presente, que é um homem vazio. A noite chega, o coração é incinerado, os anjos voltam a seu ninho no teto da igreja, cercados de fumaças fixas e do sagrado coração com trejeitos de betoneira. O clarim ressoa sobre a cidade. A guerra começará pelo homem vazio, morno como um rubi que apertamos na mão.

Olhando-o de frente

Olhando-o de frente, as pernas não tremem. Mas uma azia, que não está restrita ao estômago, se amplifica até tomar proporções espirituais. Atrás dele, a biblioteca recobrindo as quatro paredes com primeiras edições e livros grandes que, se à primeira vista lembram álbuns, quando se os abre tem-se contato com livros-caixa do primeiro império, cujas folhas evaporaram aos poucos sua água breve e que estão picadas de varíola. A luz da noite entra pelos janelões abertos, cujos postigos são de madeira articulada, feito antigos oratórios. "Eu lhe dou a minha palavra", diz, e não precisava dizê-lo. Não deveria dizê-lo, nossa relação nunca demandaria que ele me desse sua palavra. Eu sequer a merecia. A azia vai convertendo-se em adoração. "Eu lhe dou a minha palavra", repete. Sua estatura baixa não diminui sua imponência, sua pequena mão rechonchuda e recoberta de pêlos loiros é macia para os olhos e, talvez reconhecendo-o, talvez acompanhando meu olhar, torce os dedinhos até que estalem e deixem sair, da mãozinha úmida, o som seco de gravetos. A essa altura tenho a certeza de que seus dedos viverão para sempre. "Eu lhe dou a minha palavra", repete, mas é como se o dissesse pela primeira vez: porque meu coração acelera o passo e meus olhos vêem com assombro os seus, que são verdes, atrás das pétalas dos óculos transparentes. A caneta em seu bolso brilha com o reflexo das luzes do lustre de inúmeras velas, e como toda a luz ambiente busca e converge como abelhas amarelas a sua caneta, que é um florete, ela, como que sem querer, fere meus olhos. Ele me deu sua palavra. Não é o caso de cobrar uma promessa: aconteça o que acontecer, sua palavra será minha para sempre. Dormirei e acordarei com sua palavra. Quando meus filhos nascerem, dividirei entre eles o pão da sua palavra e, então, poderei descansar. De certo modo, sua palavra me protege e não permite que eu morra agora. Pela primeira vez, reparo em sua escrivaninha. Com seus pés entalhados, vigorosa e de flanco castanho, com um sem-número de símbolos e brasões em alto e baixo relevo, feitos para que se possa habituar-se e esquecer-se da solenidade, é assim mais enfeitada e viva que o meu cavalo. Ele sorri. É o modo suave que tem para recolher-se. Seus lábios finos desaparecem e o duplo queixo treme, vibrátil, é o rosto de um anjo daqueles artistas que pintavam capelas sem conhecer o conceito de infância. Sua cabeça está vagamente de lado, recorda a primeira inclinação ainda viva de um pescoço enforcado, o suor está criando um colar marinho em seu buço. "Agora vá", diz, quando sua voz adolescente, aguda e quase chucra, nos avisa de que nunca foi domesticado. Eu me retiro, me retirarei. Meus sapatos brilham menos que o assoalho quando saio na noite fresca, quase quente, para procurar o meu irmão.

Chuva em 1843

O ano é 1843 e nos sentamos em uma cadeira, ao lado da janela, vendo a chuva que cai principalmente das telhas, e as árvores lindeiras que oscilam de cabelos nos olhos. O telhado sem calhas jorra essa cortina sonora em gudes, e a água esfria o ar, que esfria nossas narinas e nos faz subir o manto que nos cobre as pernas. O céu, o tempo, vai se fechando como uma hematita girada em seu próprio eixo, até alcançar a cor definitiva, de cigarro queimado. Estamos vivos. Vemos a chuva cair na terra, fazendo sumir a casa defronte e suas janelas verdes. Alguém corre protegendo a cabeça com um casaco, corcunda e pulando na ponta dos pés, saltando poças. Entra em nossa casa - será nossa casa? - e o abrir e fechar da porta de madeira roxa não modifica a gradação de luz interior em quase nada, mas seus guizos choram como bebês, as tábuas do assoalho rangem, o eco faz vibrar o jarro de porcelana à nossa frente, e toda essa presença altera a casa, alcança o alto pé direito e a modifica como uma mão entrando em uma luva. Estamos vivos. A água fria espirra em nossa face, nos faz piscar os olhos e, em seguida, fechar e travar as janelas. Estamos vivos, o frio da chuva faz doer a articulação em nosso joelho, cumprimentamos à distância aquele que entrou e que se desencurva, abrindo-se como uma flor regada, sorrindo e apresentando-nos seu insólito orgulho de haver sido pego pela tempestade e o brasão de seus dentes molhados. Estamos vivos, gemendo para nos levantar, contentes pela chegada do amigo e pela dor ligeira, pela chuva, e nos acercamos do fogão, cuja lenha estala, funga e se avermelha. Tocamos sua mão em um cumprimento tardio, calo contra calo, e a aflição áspera faz com que nosso cumprimento seja íntimo. Estamos vivos. Ele diz algo e saca do bolso um embrulho em papel pardo, amarrado pelo barbante em cruz. Fingimos surpresa. Desembrulhando o objeto sobre a mesa parruda, de madeira preta, vemos um sabão quase translúcido, com algo de sebo e de cascalho e obscenamente liso. Sentimos de imediato seu higiênico aroma, não exatamente perfumado, mas descongestionante, irredutível, uma gema implacável, redonda e puída como um olho há muito tempo cego. Agradecemos. E nosso peito se enche, de chuva e de calor de lenha, com o sabão sobre a mesa. É quase um ovo, de gordura e de cinzas, e ao tocá-lo e modificar o aroma de nossos dedos, sentimos sua rigorosa impermeabilidade, seu hermetismo, sua recusa do mundo que irá certamente resultar em sua dissolução. Tocamos a pedra de sabão, o ovo sem vibração que se contrapõe à chuva, e temos a certeza dolorosa, orgulhosa, em 1843, de que iremos morrer.

Nossos únicos amigos, hoje, são os cães

Nossos únicos amigos, hoje, são os cães. Eles suportarão até o último dia as nossas maldades e, talvez, não devessem fazê-lo. Com a pureza nublada de seu mundo, eles comeriam Nero, se fossem açodados para isso, ou comeriam os inimigos de Nero, pois sua tolerância é idêntica à sua intolerância. Nossa personalidade moral, no mais das vezes invisível para nós, é a responsável por criar nossos cães. Eles vagam pela casa feito fantasmas invertidos, carnificações de nossas raivas e indolências, como sistemas filosóficos que latem. Já é tarde. Estou sentado em minha poltrona, suponho pelos gritos que o mundo se dissolve, embora não tenha certeza de que não seja uma grande representação. Agora, minha casa desmorona e o fogo borda as paredes. É uma pena que sua beleza seja passageira, que seja tão liberal, como uma mosca que suga o sangue de todas as substâncias. É uma pena, realmente - sinto uma estranha caridade pelo incêndio, e meu pescoço se curva lateralmente, minhas mãos se unem, o sorriso surge em meu rosto - sem mostrar os dentes - como exemplo mímico dessa extraordinária piedade. O fogo sobe. Feito tubos de ondas, feito cacheados imaginários, feito reflexos ou imagens obstinados por um histérico materialismo; o fogo se entrelaça em sua orgia assexuada, comendo o miocárdio das paredes, tomando o quadro inestimável e fazendo-o borbulhar e esverdear-se, antes de acender-se súbito como uma chama azul de fogão; feito um herege, feito uma lâmina em caracóis, feito cabelos sem raízes, feito loiros aneurismas, feito cães soltos no interior da matéria, tomados pelo ódio da identidade, pela fúria comparativa de seu rubro intestino grosso; e agora me ocorre, ainda sorrindo: é uma dança; como já ocorreu a tantos outros, que puderam registrá-lo ou que enfeitiçados dançaram com ele, vejo essa coisa, esse terceiro ato da gasolina, essa ferida dotada de quadris, que baila dentro das coisas com seu umbigo verde, que se dissolve em castanholas pretas, que projeta no ar a dança de salão que os chifres tímidos não souberam terminar, vejo essa coisa estranhamente civilizada alimentar-se como um cigano da hipocrisia que a cerca, e dançar; tenho em frente o fogo, enquanto eu e meu cão observamos o espetáculo, suas cédulas bárbaras enroladas, seu desdém bancário, seus juros iluminados cobrando até mesmo das fissuras sua parte fugitiva na existência, e entendo a meu modo como as chamas são bacantes e calculistas, como faz parte de sua luz uma teoria contra o mundo, e como sua pirâmide orgânica de combustível, comburente e oxigênio é a pirâmide de um antigo anjo faraó, mumificado em um casulo sem forma, o canibal triângulo que devora triângulos; as chispas desse fogo me mostram que alguém bate com cinzel e martelo o mármore do nada, e assim produz essa aranha virada sobre as próprias costas, com teias vermelhas, com brotos irracionais - a matéria está em débito com a explosão. Não importa. Não sairei. Disseram-me que é perigoso lá fora. O fogo que me pôs na caverna não me tirará dela, mesmo sabendo que quem come de sua mão incendiária, quem beija o rubi ascendente de seu anel, regride de imediato ao estado anatômico de uma equação, a essa coisa teológica que é um esqueleto. Mas esse é o destino, irrevogável, para mim e para meu cão. Meu cão, que olhou-me com desconfiança, hoje, pela primeira vez. É mais fácil que ele discorde do fogo que de mim, e isso me irrita, constrange e lisonjeia, como a compra de um caixão mais caro. Mas não tenho nenhuma dúvida de que, ao final, e sem heroísmo algum, ele queimará comigo. Por nada no mundo perderemos esse quente instante de sabedoria.

Velório

A morta está publicamente séria. O ar da sala de velórios se condensa com soluços, orvalhado de sons que baixam, até que subam novamente de si mesmos, as unhas de uma neblina assombrada, a dor subindo e as sobrancelhas descendo, porque a morta deixou todas as pessoas doentes. Pás de noite entram pela porta, sua poeira causa um calafrio de nojo na chama das velas, enquanto você caminha de um lado a outro, mordendo a carne de uma ideia, mastigando, abrindo uma ferida com os dentes. As pessoas falam baixo, como se estivessem entre estranhos, porém com algum objetivo comum, como em um banco.

A morta está resolvendo um problema, trabalhando uma hipótese veemente, da qual depende a sua morte. Parentes se abraçam, algo receosos. Vez ou outra passa um curioso à frente do caixão, e você vê, recostado ao canto com odor de flores, que eles passam um a um com a intenção de perguntarem a ela uma questão qualquer - qual era seu programa de televisão favorito em 1997? - e a meio caminho desistem. Nenhum vivo é olhado assim, por tanto tempo, com tamanha despreocupação e irresponsabilidade. A morte é um zoológico de um animal só, você pensa.

As cadeiras de plástico são cadeiras de festa. Mas a dor é uma dor diferente das dores de festa, principalmente em seu modo próprio de latejar. Diferente de você, as pessoas estão tentando colher a dor essencial, e mergulham fundo, voltam, respiram, mergulham mais fundo, retornam e, enquanto respiram novamente, se decidem a dessa vez mergulhar até o mais profundo e não voltar jamais. Estão com as mãos do espírito em copas em torno da chama de uma vela. Enquanto isso, entra e sai gente. Agasalhados, em matilhas cujos narizes são vermelhos e cujos olhos intumescidos viram há pouco o deserto negro da noite urbana; noite que abre e fecha seus olhos de prédios, noite magra com cor de esgoto e cujo brasão são as janelas acesas por um coração televisivo, marcando temporariamente nas paredes manchas de sua hipertensão azul, e chegando, esses novos visitantes de cotovelos frios, iniciam por consolar os que estão presentes há mais tempo, e vê-se em seus olhos um medo, uma falta de entendimento, uma preparação trêmula para as lágrimas. Os olhos tremem feito bobinas. Os reis magos chegam, da cidade com fome e com uma série de estrelas iguais e sem nome, e trazem como presente uma tristeza semelhante a de todos. Você ri por dentro, enquanto agora experimenta o estranho prazer de buscar no passado uma dor que te enobreça.

As pessoas voltam a passar pelo caixão. Agora, olhando a morta, parece que olham uma flor imensa e fria. Uma flor ainda com pele humana.

ECT

I

Um relâmpago, articulado como um signo, surgiu no céu da manhã no momento em que Vladimir entregava a correspondência da família Gonçalves. A carta já havia escorregado debaixo da porta de lata e o carteiro colheu por acaso a imagem dessa fratura amarela e fugaz; permaneceu encurvado, como se o relâmpago o houvesse magicamente transformado em corcunda, e após breve instante sem que o trovão ressoasse, endireitou-se e suspirou. A manhã era nublada, metálica e elétrica; o céu largo do bairro sem edifícios estava tumultuado, com nuvens esfumadas, estreitas, uma infinidade de sobrancelhas brancas, por vezes azuladas como algodão úmido, entre cujos vãos vazava o sol liquefeito, picado no centro por uma agulha. As árvores balançavam, nauseadas, e os fios elétricos volteavam como varais. Vladimir subiu o zíper de seu uniforme azul-marinho e amarelo ovo, olhou para o céu por mais alguns instantes na esperança de flagrar outro relâmpago e friccionou e assoprou dentro das mãos, ao modo de quem acendesse um fogo invisível. As pessoas passavam vestidas de cores escuras, na maior parte agasalhos negros, touca, moletons cinzentos, e a roupa de frio explodia em um perfume de mofo, em esporos dourados, cultivados por meses na cega estufa de algum guarda-roupa; quem aparecesse na rua, andando ao lado do meio-fio com o rosto pálido, inchado, a ponta do nariz rosada e uma lágrima desequilibrando-se no olho direito, imediatamente era contado entre a plateia do mofo, que lançava no ar um sem-número de malabares aromáticos e que, como nas telenovelas, alcançava seus efeitos pela negativa incrédula e alérgica do espectador. Foi um desses rostos quem abriu a porta de lata azul da família Gonçalves e, fungando, deixou nos lábios uma parábola de tristeza, como um palhaço.

Era Cristiana - Cris - uma mulher de dezessete anos, cabelos loiros pintados sobre um rosto oval, o nariz arrebitado ao ponto de deixar visíveis os dentes incisivos; seu olhar estava mortiço essa manhã, marejado, e de quando em quando ela se curvava em uma espécie de fulgurante cumprimento oriental que terminava na linguagem universal do espirro; em sua barriga, brilhante e inchada feito uma laranja, um bebê de nove meses chamado Euler flutuava com o dedão enfiado na boca. Com uma dificuldade de idosa ela se abaixou e recolheu a carta; viu Vladimir que se distanciava e gritou: "Mãe! Tem carta!" Fechou a porta. Deixou a carta sobre o rack da televisão e se jogou novamente no sofá, puxando a coberta até os ombros.

A mãe saiu do quarto atulhado de objetos plásticos, bugigangas eletrônicas e roupas em sacos transparentes, coisas que ela havia trazido essa mesma madrugada do Paraguai. Seu nome era Rose e ela também, como a filha, estava grávida.

A viagem de que ela ainda se recuperava havia sido cansativa. No ônibus iam os vizinhos e alguns desconhecidos, marinheiros de primeira viagem exaltados com a ideia de conhecer o estrangeiro. E o ônibus sacolejou rasgando paisagens de cana, cidades modorrentas rodeadas de galpões, gado branco, gado negro, motéis de nomes curiosos, com alguma picância de sarcasmo e postos de gasolina sem fim, em cujo redor descansavam, debaixo de imensas figueiras ou mangueiras ilimitadas, caminhões pintados, com um quê de brinquedo e de touro; atravessaram a pleura de um Estado e alguns já sentiam certa vibração diferente, certo frisson geográfico, aptos, por uma credulidade voluntariosa, a ver em cada fazenda ou parada uma cultura diferente, ou seja - e recordando o nome de alguns motéis - hábitos que se pareciam a caprichos. E durante toda a viagem a incansável Rose falava, contava a estranhos a sua história, dava de comer ao filho de cinco anos que levava consigo e também comia, cantava músicas evangélicas para que dormisse. E os passageiros, reclamando ou conversando baixo com seus vizinhos de poltrona, secretavam aos poucos um espesso óleo que lhes brotava dos cabelos e descia, ungindo rosto, colo e mãos, enquanto os pés inchavam lentamente, terminando redondos e tuberosos como batatas.

Rose era grande, gorda ao ponto de não parecer totalmente sólida; sua gravidez era imperceptível, apesar de já contar dezesseis semanas, e os solavancos do ônibus faziam ondular sua intrincada gordura, que vibrava em redor dos ossos e lhe fazia cócegas, entre agradáveis e irritantes; sua cabeça, aparentemente menor que o pescoço, possuía um quê de pássaro empalhado, a boca sempre aberta e os olhos divididos entre olhar para fora e para dentro, dotados de uma dúvida constitutiva, não apreendida e endógena; para que coubesse na poltrona, havia erguido as duas divisórias, e mesmo assim metade de sua coxa tomava conta do corredor central, travada pelo pezinho inchado e dando apoio ao restante do corpo; seu braço entrelaçava o menino, Vítor, seu interlocutor na maior parte do tempo silencioso. Pois Rose também conversava com a vizinha ao lado, acompanhada de sua filha, ou com o casal à frente e o senhor detrás, que sorria sempre para evitar o diálogo; provida de uma energia inesgotável, Rose falava com Vítor - "pára de gritar, meu filho, você está parecendo um favelado" - e forçava-o a dormir: "Vamos, agora chega, vamos... 'Cristo desceu à Terra/ para nos amar'" e o menino, embora quase sempre calado, escalava os ombros da mãe e se entralaçava na cortina da janela, possuído por um heróico senso de aventura, enfeitiçado pela fragilidade do real, que lhe permitia assim quase impunemente adentrar suas frestas e transformar o ônibus em uma árvore móvel. E "quase" impunemente pois sua mãe vez ou outra o pegava com as duas mãos como a um boneco e o enfiava no assento, gritando, para depois suavizar-se com uma exortação carinhosa que o ônibus todo ouvia: "meu filho, nós estamos viajando pra fora, se comporta como o menino bom que você é", e então se virava bruscamente para a vizinha e começava uma narrativa sobre sua vida em Porto Alegre, Rio Grande do Sul, em como estava grávida, como passara um frio incompreensível e acreditara que sua outra filha, que não se mexia na cama, havia sido congelada, em como retornara para casa já grávida e sua conversa com o prefeito para que pagasse a passagem. Assim, ela passava da narrativa ao canto, às palmas, ao sensacionalismo da narração de um crime, ao diálogo com os circunstantes sobre a sabedoria de Deus, à fúria da bronca em que simulava uma voz demoníaca; o mesmo multifacetado espírito das televisões a possuía e durante mais de dez horas sua programação não sofria interrupções mais demoradas. Rose parecia crescer a cada instante, tomar toda a limitada energia que circulava no ônibus e inchar, multiplicar suas forças - sua autocomiseração era fabulosa e extravagante: "Jesus, me chicoteia!" - a despeito de todos os outros passageiros que, cada vez mais oleosos, cada vez mais enfraquecidos, minguavam em doloroso ressentimento, como deve acontecer às plantas que em redor de um frondoso flamboyant ressecam e perdem substância, e desaparecem aos poucos, quebradiças, nervosas, lançando mão como última saída de seus parcos e insuficientes óleos vegetais; era assim que Rose crescia, produzia flores, enxameava seus braços gordos sobre as cabeças dos magros passageiros, roubava-lhes o sol e a nutritiva visão que lhes vinha pálida das janelas, entregando-lhes por outro lado o sabor e a exuberância de sua vitalidade, de sua capacidade de quebrar o corpo desde um show de calouros ao trágico destino de uma sobrinha - e os passageiros fungavam, rosnavam, caquéticos; cruzavam os braços em redor do peito, regredindo assim à infância até quase desaparecerem, em um soçobro desesperado arrancavam os celulares do bolso e chupavam um pouco de sua energia, insuficiente, até que a bateria acabasse e eles se vissem novamente lançados à arenosa companhia de si mesmos; e nesses momentos, como em deliberado deboche, Rose fazia força nas duas coxas e ficava quase de pé, apontava para alguma placa na frente do ônibus e falava da distância a Punta del Este como quem esmaga um punhado de números e vibra com o que antes parecera um obstáculo; e seu aceno percorria o corredor e passava zunindo por uma dezena de ressentimentos, sonoro como um tiro, os passageiros encolhendo-se mais em seu rancor, já azedos, bichados, desejosos de voltar à terra de suas poltronas, sem nenhuma real possibilidade de ressurreição.

Foi, em suma, a protagonista da viagem, e protagonista consciente; seu filho, o suporte: quando este rastejou sobre seu corpo, subiu-lhe pelo ombro e esticando-se todo alcançou a poltrona da filha da vizinha, mantendo um olho fechado e a língua apertada entre os dentes, sua mãe empostou a voz ao ponto de torná-la masculina e assustadora: "Não tira a meia do pé da menina!", tudo dito com uma diabólica mastigação das palavras. Um ou outro passageiro por vezes não conseguia evitar - escutando aquela voz tão modulável, e que por vezes era melodiosa e terna, giravam suas magras cabeças de heliotropos para trás e viam o pequenino crânio, as feições de pássaro, os cabelos que um dia foram vermelho-cereja e que por falta de manutenção eram ralos e rosados; e vagarosamente voltavam os pescoços a seus lugares, recolhendo os corpos há pouco tesos, encaravam a janela e viam seus rostos fantasmagóricos como uma marca d'água da paisagem e das casas coloniais de fazenda, mudando sempre e sempre iguais.

II

Era madrugada quando Rose chegou à sua rua, o filho dormindo afixado ao quadril esquerdo, penso ao ombro feito uma pulga, mamando o próprio dedo à falta do leite assombrado que ordenham as estrelas; o céu era o céu da futura tempestade, doente de febre fria e violeta; havia revolta no matadouro das nuvens e lhes escorria pelos assoalhos essa pasta roxa, essa hecatombe de groselhas, a ondulada planta do pé de Deus cheia de vinho depois de pisar o lagar da terra. No outro ombro de Rose as sacolas sulcavam-lhe a carne, marcavam-na como ao encaixe de uma boneca; na mão, o carrinho de feira adaptado pulava e escoiceava pelo calçamento com sua fúria de chifre e de rodas.

Os homens dormiam mas as casas restavam acordadas. Era penoso andar entre as casas estranhas e um alívio reconhecer as familiares, penetrar sem convite em um corredor de sonhos. A princípio, foram as de maxilares duros da rua por volta do número 1000 que a olhavam desconfiadas, com as luzes de seus narizes escorrendo de frio; estavam de sentinela, e dentro de suas bocas rodavam pequenos cachorros, um automóvel coberto por uma lona, cadeiras irônicas e vazias, samambaias que dançavam no ar feito peixes sem carne e que explodiam suas espinhas verdes dos vasos onde sua raiz, um coração em forma de pata, vivificava com os diálogos entre a luz e o excremento. E Rose puxava o carrinho mal treinado como um bode.

Por volta do número 700 as casas eram conhecidas e exalavam no silêncio a tranquilidade de estar entre amigos e de reconhecer que já se chega mais perto. Os sonhos aos poucos tornavam-se benignos como os sonhos dos parentes e isso lhe aumentava o cansaço, a energia diminuindo na medida em que se aproximava, pela mesma sabedoria oculta e milimétrica de quem acorda no minuto em que o despertador deveria tocar. O gato, que tinha nome, corria assustado para desaparecer entre as grades do portão, e voltava à escuridão para recompor seu corpo abstrato e lamber o nome da superfície de seu pêlo. Os galos da vizinhança gritavam, ressentidos de não poder cantar, e a cada um de seus gritos o céu parecia descer um pouco, como um peito; parecia dizer aos galos, como Josué: "gritai, pois Deus lhes deu a cidade".

Os parceiros de viagem que haviam descido na mesma praça se dispersaram pouco a pouco. E embora Rose sentisse algum temor de andar pelas ruas a essa hora, sentia também que seu filho a protegia, mais que o contrário. Não é incomum que uma mãe sinta-se como Maria, abençoada, ungida e enobrecida pelo milagre. Quem poderia lhe fazer mal? Ela levava seu filho como o escudo de Ulisses, entalhado pela narrativa de uma vida própria, e se alguém a interpelasse ela se insurgiria; empunharia contra todos os homens o seu hieróglifo de leite, insolente como quem mata a sede. No jogo de ombros para equilibrar a criança e as sacolas já havia algo da força desproporcional da anunciação, a autoridade e o orgulho de uma abelha.

O bar da esquina estava aberto. À porta o menino, filho de Isaías, vendia criptomoedas mais entorpecentes que o sal, alguns gramas de escombro do prédio da religião. Ele mesmo havia escolhido entre as várias formas dessa areia em dissolução aquela em que Deus criava o grande luzeiro para presidir o dia; e, assim, munido de um sol interior, um sol cor de sangue e encaracolado de veias, sorria e cumprimentava, ou oferecia um pedaço do mofo que havia crescido debaixo da terra sobre a esponjosa carne do milagre, acenando e acendendo um isqueiro em plena rua, lembrando aos motoristas que Prometeu havia se espatifado em uma miríade interminável de pequenas tochas. Seus clientes, que estavam em casa assistindo às sugestões do fogo, domesticado em aquários retangulares, rastejavam para fora de suas tocas acreditando em sua teologia paradoxal: todos eram especiais e somente mereciam a vida aqueles que fossem mais fortes. Chegavam ao filho de Isaías e compravam um pó de força, acreditando ingenuamente que qualquer um pudesse ser o mais forte - sem saber que seu bairro estava previamente excluído da adjetivação da força, do modo como o fogo a definia. E uma multidão bamboleante surgia, cada vez mais semelhante a bezerros mortos, para seguir com uma oferta paulatinamente menos generosa e mais desesperada - até que alguém aparecesse na calçada com um pedido de clemência, a mão espalmada tendo em seu centro o último dente, poroso como cortiça, cercado de cárie e de grinaldas vermelhas. Logo depois caía, os olhos escondidos como ovos no rochoso ninho da cara, e seu corpo já está marcado como verdadeiro mártir - não, porém, do início de uma religião, mas de seu fim. Talvez, graças à compreensão desse paradoxo, é que o menino filho de Isaías baixe a cabeça quando Rose passa e entra no bar para comprar cigarros.

III

Pela manhã Vladimir passa pelo homem que à noite cairá aos pés do menino do Isaías com uma humildade algo tóxica. Cumprimentam-se. Não há cartas sem endereço oficial, mas o carteiro lhe dirige um cumprimento com gramatura de carta, com timbre de correspondência. O homem chama-se Gumercindo e responde por três apelidos: Pássaro, Tétinho e Pano. É magro como uma estátua feita em ferragens e dos pêlos irregulares de sua barba escorre um esmalte quixotesco, grisalho, uma rebeldia que parece esconder um pequeno gênio ou demônio do rock'n roll. Há nele esse vibrante ascetismo de aproveitar a vida ao máximo enquanto, paralelamente, consome com o ar da manhã os grãos de um pão envenenado. É com algum orgulho explícito que vai abandonando o corpo em prol da vida, de uma vida sem essas âncoras dos órgãos, absoluta, heróica, tão abstrata como a música e as serpentes. No semáforo onde Vladimir o encontrou, debaixo de um céu brilhante, com nuvens girando espanadas e contrariando a imensa forma arqueada da eternidade, Gumercindo rebola para os carros e sorri um amplo sorriso tão sem dentes quanto a abóbada celeste; com um deboche tão feliz, com um desprezo tão consciencioso - da consciência que atinge o grau cristalino da hilaridade e então quebra e produz o som de garrafa quebrada do riso - balança os quadris com um erotismo propositalmente inanimado e então ergue a cabeça para o céu chuvoso e oceânico, para o tóxico universo, dando vazão à gargalhada irônica que àquele momento somente Deus poderia compreender.

Sua aparência é algo difusa, entre Raul Seixas e Dom Quixote. Para provar a maleabilidade da carne, que ele rebaixa ao nível do barro, trancou seu rosto na adolescência e trouxe para fora do quarto, para a luz da rua, uma máscara algo mal-feita, como uma maquete escolar, produzida apenas pela força de barbeadores, camisetas escuras e das sugestões dos odores repulsivos que emanam dos sofás e das poltronas, e que as cadeiras, pelo puritanismo de sua nudez óssea, prescindem de demonstrar, com o trejeito da rigidez ao modo militar. Revoltado contra a banalidade do corpo e a estúpida fantasia da pele, que como um fantoche apelava para o absurdo e formulava mamilos, genitália, queixo, virilha, joelhos, orelhas e outras tantas insanidades plásticas, vestiu uma camiseta preta, evocando o avesso sem luz de sua fisionomia, e nunca mais a tirou; sua carne foi desaparecendo, dando lugar a um rosto ensaiado e projetando as costelas para descansar debaixo da verdadeira pele, do contraditório algodão negro. Trabalhou por muito tempo de pintor, alterando ressentido a aparência das coisas; entregou-se desregradamente ao sexo por repulsa ao fisiológico; foi abstraindo-se de seu corpo, e por sugestão de seu demônio tomou o caminho da ironia - era seu modo de alcançar o mesmo destino dos anjos, munido, porém, de um estoicismo de que os anjos não eram capazes, e seu demorado atalho passava por esgotos e pela adoração dos ratos e do reverso da Criação. Foi encarnando o vaidoso ascetismo do rock'n roll que ascendeu ao mesmo céu mineral do princípio dos tempos, inserindo na cozinha do estoicismo o explosivo elemento do eu; desse experimento narcótico chegou a igualar seus quadris ao céu tempestuoso, ao modo de quem encarando o sol fecha os olhos e encontra em si a representação puramente abstrata da cor, e explodiu para sempre em uma gargalhada insolúvel.

IV

Vladimir cumprimenta Gumercindo, entrega boletos e um sem-número de cartas de antigos inquilinos que os atuais moradores guardam em uma gaveta, correspondências de mão única, que não aceitam resposta. Com seu uniforme azul e amarelo percorre a avenida e permanece alheio aos vizinhos, sem conhecê-los. Sua sacola de cartas está vazia, sem drama. Limpa o suor da testa e tenta ler a tempestade, que se aproxima.

Tomemos aquele cajueiro

Tomemos aquele cajueiro. O que é um cajueiro? É, entre outras coisas, uma quelóide do ar. É uma das engenharias da água e seus frutos são papagaios líquidos, empalhados de amarelo. Sua origem é a morte prematura e tânica da água. E em frente ao cajueiro elementar está a casa e o homem que revira correspondências, vagamente insensível, e de comissuras baixas dos lábios, em gesto de orgulhosa reprova. O caju é uma pétala de lágrima em chamas; o homem que lê as correspondências bate a bengala de castão com desmedida força no assoalho. Há por todos os lados múltiplos odores de formaldeído e de frascos mulatos, e nos lábios das paredes há o odor de um corpo ancestral, idoso como o primeiro século, em sua mão o caju original. A casa e o cajueiro ajoelham-se e adulam o homem e seu nervosismo de onde podem surgir a qualquer momento flores espontâneas. Antes que todos nascessem, a estranha voz das instituições falou ao ouvido do espírito, selando-o depois com terra - o espírito é sempre enterrado primeiro. Aqui, se está cercado de réplicas de Deus - e quem será Deus, senão apenas aquele que não tem perdão, o único entre os seres que não pode ser perdoado - por estar-lhe infinitamente acima ou abaixo? A Lei emana do Senhor de Engenho, para o Senhor de Engenho, pelo Senhor de Engenho. O homem põe fogo na correspondência, segurando o charuto, e nós, os pobres, apoiados ao cajueiro, achando o homem belo como nosso próprio bíceps, vemos que surge a noite vermelha, a pressão da mão da lua nos cueiros dos oceanos, os porcos da ideia, a serpente-chicote, um rastro de sangue bordejando todos os orifícios do universo. Aquele que nos humilha é a primeira e última forma das maravilhas. Mas entregaremos a ele, no dia em que nos for demandado, os nossos filhos - apenas que dentro de nossos filhos vibrará, envolta em jornais, uma faca mais úmida e madura que um coração.

Avião

Estamos frente a frente e ele me encara. Nesse mesmo dia enviou-me uma passagem para que voasse até aqui. Achei assombrosa a visão do aeroporto: os ricos são grandes como árvores. Caminham com dificuldade, gordos de paletó andando na ponta dos pés, batendo constantemente os bolsos temendo a própria memória, no pulso o imenso relógio prateado, uma mão algemada no tempo. São invariavelmente vermelhos e imensos. Era evidente que não me queriam ali, algo natural, já que eu mesmo temo o vôo de avião e o desarranjo interno que provoca a ascensão. Temo a turbulência, enquanto eles fazem da turbulência o grande signo de suas vidas. Agora, eis-me aqui, e o homem me encara. Fui convocado por ele e pairei acima das nuvens - por essa razão sou obrigado a tolerar seus olhos. Estão fixos nos meus, esperam algo de que não sei ao certo, têm uma sabedoria toda fixada no futuro, descartam o passado; seus olhos falam sobre reciclagem, sobre como até o lixo agora está vibrando de futuro, e me exigem uma decisão. Passa a mão direita no queixo e na boca, como se arrancasse dali uma teia de aranha, mas na verdade o que faz é colocar, como em um passe de mágica, uma nova máscara, cuja expressão é de nojo, desprezo e segurança. O gesto de sua mão é como o gesto de quem indica um furto, e após fazê-lo, retira-se da boca e do queixo e se esconde no bolso, com uma elegância hípica. Quero crer que devo consentir em algo, anuir e no entanto também decidir, mas não sei precisamente como. Sei apenas que, mesmo sem conhecer seus propósitos, sinto crescer em mim a discórdia. Mas não porque sinto as palavras contrárias surgindo, ou porque possa contrapor-lhe outra oferta; sinto porque meus olhos não conseguem encará-lo e desviam-se para o chão, para os lados, e porque sinto-me exausto: percebo pela exaustão que discordo, pois discordar é imensamente mais cansativo que a anuência. Acho que não nascemos para discordar. A resistência desaparece aos poucos, após o sentimento nervoso e feliz de ter os músculos morais tensionados, e então concordamos - mas apenas porque buscamos a paz. O olhar prossegue, desavergonhado, sereno, raivoso, e promete-me dar-me a paz que ele mesmo subtraiu. Não sei o que ele quer, mas meus lábios tremem, desejando à minha revelia dizer "sim" - mas meus lábios, por sorte, não conseguem trabalhar sozinhos, e apenas tremem, porque, graças a Deus, os músculos são primitivos. Esse olhar não hesitará em utilizar-se de minha polidez, pois olhos não carregam culpa e podem facilmente, piscando, desfazer-se de seu caráter. "Tudo não passou de brincadeira", me dirão, "mas sua palavra vale e fica". Esses olhos estão criando dentro de mim as palavras que querem ver; sinto-os mexendo com a química do meu baixo-ventre, como, sem desviar-se dos meus, reeducam os movimentos involuntários de meu estômago e como apertam com pinças as esponjas de minhas glândulas, que suam e lacrimejam. Será inevitável. Devo dizer "sim". Esses olhos estão criando em mim um medo novo, arrancaram os pincéis da natureza e estão restabelecendo certos princípios para uma nova escuridão, cujo ponto de fuga - lá longe, convergente e vigorosamente luminoso e doméstico - é o "sim", dotado da velocidade moral da injeção. Tenho medo de que se o fizer - se disser o "sim" tão esperado - ele me sairá com um grito, que ele me sairá dotado de potências evangelizantes, que ele me sairá com um alívio que ressoará até as janelas dos anjos, que ele será imenso e semelhante à libertação; é por isso que agora, por motivos contrários, rejeito e seguro minha boca, pois tenho medo dessa hosana que se eriça em mim feito penas coloridas, e tenho medo de que minha anuência seja desproporcional, de que seu vigor extrapole os limites laicos das palavras e eu me veja não só berrando, mas pregando a afirmação com os braços estendidos para o céu e de olhos fechados em libertação. Ele deve tê-lo percebido. Sem desviar-se por um segundo de mim, alcança um copo de água na bandeja a seu lado, leva aos lábios e erguendo a cabeça - mas nunca desviando o foco desses olhos desumanos - bebe; seu pomo-de-adão move-se, ele respira pelo nariz dentro do copo, provocando um pequeno ruído nasal, e o vidro embaça-se aos poucos. Deposita o copo de volta à bandeja, limpa os lábios e, mais uma vez, faz o gesto de furto com a mão direita, recompondo a máscara da boca aberta e dos lábios repuxados nos cantos. Estou momentaneamente aliviado. Ele fez com que eu sentisse esse alívio, é apenas uma amostra grátis da grande liberdade que promete - não!, que eu possuo, que está em mim, que protesta por sair e à qual imponho obstáculos. Toda promessa é uma sedução, e serei invariavelmente seduzido, mesmo se prometerem a minha morte. Senti o gosto desse alívio momentâneo e agora ele é sábio o suficiente para não assaltar meu corpo, mas escalar aos poucos àquilo que antes havia construído. Por que não repetir-se, quando o que está em jogo é o amanhã? Ele não se importa - na verdade, ele deseja - esse esforço de reconstrução, porque assim me lembrarei aos poucos das agruras que irei sofrer, em uma memória invertida, a serviço do futuro, pois a cada passo esperarei com horror a próxima aflição, que virá com certeza fulminante e divina, apenas porque esses olhos sabem seu ofício - e isso é terrível. Devo evitar o ápice do constrangimento, de que ele já se provou capaz de produzir. De confirmação em confirmação, a cada tortura ratificada, não será natural que se crie um "sim" ainda mais poderoso que o anterior? Tenho medo exponencial. É melhor que eu diga "sim" enquanto há tempo, pois depois será realmente tarde - depois, quando passar os limites do "sim" em êxtase, o que me aguardará? Alcançarei um êxtase horrível, algo sombrio para além das hosanas, o vulto das costas do sol, aquilo cujas sombras derramam hinos? E como será? Não tenho nenhuma curiosidade. Se já não era possível exclamar aquele grau de gratidão anterior à sede do homem à frente, agora então será impossível cunhar essa bem-aventurança declinante do horror - temo que todos os gestos serão fatalmente abolidos. É assim que o tempo passa, segundo a segundo, e cada segundo que passa é um negócio perdido, antes que o "sim" se torne impossível, seu futuro irreal que o transforma agora em necessidade. Sim! Direi sim! Sinto já agora um bem-estar que se avizinha; não o êxtase, não o desejo, mas um leve e pacífico bem-estar, um sentimento pequeno e por isso mesmo tranquilo, em sua justa medida, idêntico em forma e conteúdo - porque, sim, ele é possível, e só agora é possível - e essa serenidade virá com a palma materna virada para o céu, com perfeição de círculo, extraordinária e gratuita; meu "sim" comoverá esse que me olha, e também os outros, porque sei agora -

ó libertação! - que o importante é minha comunidade, que Deus são os outros, que nada é ao mesmo tempo mais delicado e exato, a fusão da incisão e do carinho, que o sentimento advindo da troca de gentilezas em um condomínio fechado; meu Deus, é, sim, possível; é possível a paz entre os homens, e sinto a vontade incontrolável de abraçar esse homem, de rir até as lágrimas com ele, de fecharmos negócio. Mas - o que é que ele me pede? Não importa. Sei, com inegável certeza, que o desejava desde o princípio. Não minto: sei que ele me oferecia com destreza e apreço aquilo que era inevitável, e só por essa afeição é que me oferecia. Minha resistência agora é absoluta e clara: o que eu não queria era apenas que outro pudesse dizer ou sentir por mim, quando, na verdade, ele me reconhecia e queria apenas compartilhar da minha felicidade; fiz como a criança que, querendo comer salada, recusa-a quando alguém lhe diz que deve comê-la. Sei que negava apenas a ingerência, quando agora vejo que não era ingerência, mas empatia. Recuei ante a invasão, mas tratava-se de compadecimento. Estou sereno, sem nódoas. O medo de avião era apenas um *frisson* de amor, o frio na barriga de quem se apaixona. Estou feliz, pois não quero mais sozinho. Meu sim virá agora, e será difuso, certo e amplo como um aperto de mãos.

A travessia

Seja ou não em tempos de Covid-19, quem, como Vladimir, deseja ir de Antenor da Bahia a Juazeiro do Norte, precisa passar por 800 quilômetros de poeira, sol e desolação. Não que os caminhos sejam por si só tristes. São apenas monótonos, de uma monotonia fantástica, quase divina. O sol convence a terra a tornar-se areia e os umbuzeiros, os cactus e os galhos intrincados da caatinga recebem do vento uma pátina de pó. Por estar perpetuamente empoeirada, a vida ali ganha ares de antiguidade, de relíquia.

Há um ponto particular do trecho em que as habitações desaparecem. Restam apenas o caminhoneiro e a paisagem, algum lixo de beira de estrada e uma sacola azul estufada ao vento, presa aos galhos secos - uma bandeira inútil fincada em Marte. As árvores ainda verdejam, mais baixas que o caminhão. O bom estado da rodovia traz consigo o tédio, a liberdade de pensamento, e Vladimir já tem o cotovelo para fora da janela e a cabeça pensa, os dedos enfiados nos cabelos. Ninguém mais passa por ali. O canal 5 da rádio está silencioso. A marmita - que em seu isopor só tem traços de óleo vermelho e uma ossada de frango, a asa como um arco-e-flecha arrebentado - empresta à cabine um cheiro quase azedo, ainda delicado. A boca de Vladimir está dourada e ele a limpa com as costas da mão, que pousa na barriga. Lembra das orientações higiênicas. Desliga a rádio.

Precisamente naquele trecho, Vladimir era navegante de primeira viagem. Ouvira certas instruções de um grupo de amigos e decidira tomar o rumo da bifurcação: seria mais rápido, mas teria que passar por uma balsa. Não seria a primeira e certamente não era nada de mais. O encurtamento da distância valeria a pena, e haviam lhe dito que por esse atalho ele chegaria ainda hoje. Mas o caminho ia ficando excessivamente solitário. Apesar do hábito, tanto tempo sem ver ninguém e tomar a rota alternativa o deixaram inseguro. A cada dez quilômetros vinha-lhe a sensação de que estava equivocado. Passou-lhe pela cabeça a hipótese de que fora alvo de alguma estúpida brincadeira, uma brincadeira que custaria dinheiro. Não, isso não seria possível. Ele sabia que pode-se brincar com tudo, mas não com dinheiro de verdade. Os dois tanques estavam cheios de óleo cor de ouro, pago à vista e com notas novas. De uma coisa certamente se arrependia, e era de ser refratário ao uso do GPS. Seu caminhão bicudo estava carregado de piso - um milhão e meio de reais em carga - e todo esse peso era um componente sutil, aéreo, de medo que vez ou outra lhe subia do peito.

Nem uma única casa, nenhum posto. Sem balança de pesagem, sem radares. O confinamento móvel, mais sensível nos aclives. Apenas a caatinga que misturava o fantasmagórico dos galhos retorcidos e o absolutamente solar, areia quase branca e os cascalhos à beira da pista; o céu sem nuvens era de um azul ao mesmo tempo chato e labiríntico. No console do seu caminhão, Nossa Senhora seguia colada com superbonder e o terço enrolado no retrovisor balançava, inclinava-se na subida, oscilava como um compasso, tímido, buscando desorientado o centro da terra. Vladimir ia pulando, tremendo pela força colossal de seu veículo; era um homem gordo, distraído, dentro da têmpora de um Leviatã.

Finalmente avistou uma casa simples à beira da estrada. Perguntou da balsa. O homem lhe indicou uma descida pela estrada de chão e informou-lhe que em vinte minutos estavam o rio e a balsa. "O que é que eu tô fazendo?" Deu ré, desceu da rodovia à estradinha num solavanco, que se seguiu de outros. A vegetação era mais viva e em pouco tempo chegou ao restaurante, cujo nome era Bokka: Rei do Rio.

Os fios de eletricidade eram baixos como cercas; o pátio de uma palhoça de alvenaria tinha mais três caminhões estacionados. Vladimir respirou: era ali. Desceu do caminhão e perguntou sobre a balsa. Ela chegaria em breve. Empoleirado no alto de uma árvore sem folhas, um urubu de braços abertos pregava para os peixes.

Foi ao restaurante, cinco mesas compridas de madeira, cobertas por uma proteção de plástico sobre a qual as moscas dançavam. Cumprimentou seus companheiros de viagem. Lavou a mão em álcool em gel, uma garrafinha de água de 500ml no balcão, e sentiu o frescor cutâneo, mentolado. "O que vocês têm aí, pra beliscar?" "Porção de peixe", respondeu um homem velho, vermelho e magro. "Tem espim? Não gosto de espim" "Não, tem pintado. Pintado não tem espim" - "Então vai". O homem deu dois passos e parecia já esperar por isso, como em um déja vù desinteressante, e colocou uma escumadeira de bolinhos de peixe no óleo que já fervia. O óleo escuro espumou, esbranquiçou-se, e silvou como se pedisse silêncio do modo mais escandaloso possível. Vladimir se sentou e esperou.

A televisão de tubo, azulada como a catarata que ataca as revistas velhas, passava uma coletiva de imprensa do governo. Lá fora, ao lado da palhoça, o rio era preto e cintilava - nem sinal de balsa. Na tevê os ministros estavam lado a lado com o presidente e todos se atrapalhavam com as máscaras. Todos eles ali adquiriam algo de monstruoso. As inserções capilares, as bolsas debaixo dos olhos, as dentições de peixe, as cabeças de galo, as pupilas baças que nadavam em uma esclerótica sangrenta, fenótipos de lagarto - eram monstros azulados, ozonizados. E quando sorriam, ao contrário de todas as outras pessoas do mundo, tornavam-se mais feios. Os três caminhoneiros comiam e bebiam, olhando o aquário televisivo, que apagava o rio, a nervosa caatinga e o céu com sol e lua.

Os três assistiam àquilo com raiva - embora, talvez, com raivas diferentes. Vladimir ouviu que um deles resmungava: "Borsonaro", mas não conseguiu saber se era de aprovação ou reprova, ou de mera absurda constatação. Vladimir pagou e foi ao pátio.

Dali pôde ver o puteiro, de paredes intransponíveis, coroadas com cacos de vidro e um portão central de ferro. Estava fechado. Um banner azulado de chuva e calor tinha a silhueta de uma mulher toda em preto, com sapatos de salto rosa choque; outro tinha mulheres de revista, saindo todas deformadas de um buquê de seios de sillicone, e a palavra em amarelo: "Show". E então Vladimir pôde ver a balsa, e sua barriga zurrou, apertou-se, com um ruído de porta velha se abrindo.

Na verdade, antes que a visse a ouviu: tou-tou-tou-tou-tou-tou e depois a imagem de uma balsa pequena, lançando ao ar, por um escapamento trêmulo, lufadas pretas. "Pelo amor de Deus", Vladimir deixou escapar, enquanto passava a mão cheia de óleo nos cabelos. Olhou para trás, como a repensar os 150 quilômetros possivelmente perdidos: "Jesus tenha misericórdia". A água do rio já batia em ondas na margem, molhando os cascalhos e os deixando lúcidos, âmbar. Um dos caminhoneiros parou ao seu lado. "Isso daí é seguro?", indagou Vladimir. O homem apertou os olhos e alargou a boca: "Éééé". Disse-lhe que fazia tempo que não acontecia "nada de ruim". "Mas já aconteceu?" O homem pareceu pensar. Talvez quisesse se lembrar ou escolher as melhores palavras. "Nesse rio tem três Mercedona. Aí debaixo. Diz que quando afundou o rio subiu isso aqui" e ampliou bem o palmo, e para Vladimir sua mão fazia força para não parecer humana.

Os três entraram em seus caminhões e deram partida. Um deles vestia máscara, talvez mais por exibição que por cuidado, parecendo estranhamente ornitológico. Vladimir permaneceu ali, a barriga falando ao seu ouvido interior, como um obtuso anjo intestinal. "Minha Nossa Senhora". Olhou o caminhão e olhou a balsa, o rio. Já havia tomado balsas antes, mas essa era horrorosa. Os ruídos dos três motores, aliados ao gaguejar franzino da balsa, entraram em perfeita desarmonia. A balsa encostou e dois homens sem camisa e tatuados irregularmente pelo sol desceram duas argolas, soltaram uma rampa cujo ruído metálico foi como o instrumento que coroava a desafinação, e o cheiro de rio e de peixe foi sendo substituído pelo de óleo queimado. Os caminhões fizeram uma lenta manobra sincronizada, soltando gritos de pressão. Vladimir foi testar os pneus e beber uma água. Voltou. Foi decidido a um dos rapazes, que já acabavam de orientar as balizas. A água estava a três dedos de entrar na balsa, e um mau arco-íris de óleo se coagulava a seu lado, em estrias.

"Escuta, quantos caminhão vai na balsa?" "Vai três" "Três caminhão nessa balsa aí?" "Vai três" "Quanto custa?" "Trinta. É trinta o caminhão". Vladimir pensou, coçou a cabeça. "E se eu te der noventa, você leva só eu? Na próxima?" "Noventa?" "É, te dou noventinha". O homem olhava para o chão, onde a água lambia o ferro da rampa, e os arcos nacarados de óleo não se desfaziam. Sorria de calor. Olhou na cara de Vladimir. Não disse nada, apenas abriu mais o sorriso, limpou a testa. "Dou cem" "Ah, cem eu levo. Quantos quilo o senhor tá?" "Doze mil quilo" "Ah, doze mil quilo tá leve" "Mas eu quero ir sozinho" "Só se o moço pagar cem" "Eu pago cem". O homem entrou, travou os ferros, espirrou e assoou o nariz com os dois dedos na água.

A balsa foi se distanciando. Vladimir foi ao banheiro, mas a torneira estava seca. Saindo à luz do sol, lembrou-se dos ministros e do presidente. Lembrou-se também do amargo no gosto do peixe. Arrastou os chinelos e foi lavar-se em seu caminhão. Olhou-o por um tempo, orgulhoso, mas também preocupado com um dos pneus. Pensou nos caminhões naufragados, as rodas girando na correnteza - como leviatãs, como baleias, animais contraditórios na água. A associação paradoxal entre a caatinga, o sol escaldante, a areia quente que fazia correr os teiús e a hipótese de morrer afogado foi-lhe particularmente dolorosa. Não era isso, de modo nenhum, o que esperava. Lavou bem as mãos, o rosto, molhou os cabelos. Pegou um resto de água do rosto com a mão e o lançou no chão - a areia escureceu. Respirou com dificuldade. Olhou o rio, a balsa que já sumia. Sentiu um princípio de raiva. "Eu vou, cacete. Eu to aqui eu vou. Mas nunca - nunca mais, em nome de Deus - eu ouço aqueles filho da puta."

A rua

Todo homem, a seu modo, busca Deus. Mas os homens que se prostravam diante do semáforo buscavam algo mais prosaico: algumas moedas e talvez um vago reconhecimento. Naqueles tempos, os dias e os meses voavam e cada vez mais, em maior número, os mendigos se dirigiam aos semáforos, como se convocados aos poucos. Alguém poderia dizer que se tratava de uma espécie de exército de reserva. Aguardavam nas rotatórias e nos cruzamentos movimentados, sentados sobre os talos da grama, pinicantes, territorialistas, ao lado de caixas prateadas de leite longa-vida, com os elmos de suas barrigas para fora, e sacolas e latas sem pigmentação; e se levantavam quando viam os carros desacelerando em conjunto, movidos pela abstrata força da lei. Não era necessário olhar a caixa semafórica, banal e poderosa, causadora de aflições, expectativas supersticiosas, irritações e alívios, e que então acendia sua lanterna vermelha. Os mendigos sorriam, faziam malabares, cuspiam fogo, truques com bola, lavavam os vidros. O que, além da miséria, os atraía ao semáforo? Acercavam-se da orla da lei, do momento rodoviário da obediência civil. É claro que o motivo mais óbvio é de ordem pragmática: as pessoas não poderiam alegar que não os viam. Mas talvez houvesse mais. Nesse momento em que o tempo mostrava-se claramente inamistoso, na sucção desse minuto invertido em que os motoristas observavam a dança dos carros parados sob o sol, em tênue vibração até que encolhessem as nádegas e arrancassem, nesse momento em que o tempo estava como que abalado, e cuja fé que usualmente lhe depositamos estava sob o juízo da impaciência, havia a possibilidade de que o motorista, escapando do tempo implacável, olhasse o homem nos olhos e então olhasse para si mesmo. E se sentiria envergonhado. E a sensação de dívida o faria pegar as moedas, sorrir constrangido e compreender, sob o olhar vermelho do semáforo, o real motivo pelo qual as leis existem.

O campo

Caminhei por dias e dias até que cheguei ao campo. Nos cantos ainda havia árvores doentes e quebradiças; de resto, era aberto, a grama espalhando-se rasteira. E cheirava a mato cortado: amargo, quente, verde, vagamente medicinal. Rapazes andavam apoiados em bastões, as camisas para dentro das calças, golas como asas de aviões de papel; olhando longe, tão longe que pareciam querer demonstrar que alcançavam um além físico, que raiava o temporal, como se fossem capazes de, pela fixação do olhar, perceberem no espaço um ponto futuro. As mulheres se aproximavam, apoiadas também a bastões. As camisas justas em calças de algodão e elastano e, movimentando um pé após o outro sem saírem do lugar, movidas talvez por uma mistificação do corpo, acertavam a pequena bola branca a que se prendiam fios verdes de grama e que voava, fazendo os que a observavam expectantes pressentirem que a pequena bola era agora maior que o campo. Batiam com extrema força, mas o elegante movimento dos quadris e ombros enganava, tornando a pancada bonita, precisa e necessária. O tornozelo torcia-se apenas em aparência; o taco parava no ar. E aquele que a havia lançado permanecia tenso, os dentes à mostra, os olhos apertados - não se sabe se graças ao sol ou porque cometera algum equívoco - um pé no chão e outro virado, quando a parábola terminava e a bola rolando para um canto se escondia, e o batedor agradecia com um aperto de mão enluvada, sorria, ou apenas caminhava resignado em direção à bola, que misturava de modo agradável sua fé à sua vaidade (como corriam atrás da bola e a acertavam até que fugisse e se escondesse dentro de uma toca de coelho, tudo aquilo me pareceu como uma estranha e maravilhosa cena de caça inorgânica, vista ao contrário). Bandeiras amarelas e vermelhas, um pouco murchas de calor, caíam de postezinhos pintados de branco, e fui percebendo que a grama tinha gradações de verde, rajada feito melancias, cujas curvas imitavam as parábolas da bola ao passarem de raspão por um lago artificial ou um banco de areia. Bolas que eram quietas, sonolentas e cujos furos lembravam laranjas. Após subidas e descidas, a areia tornava-se mais visível, e então as pegadas confusas de sapatos imprimiam mapas de dança, pequenos peixes de escamas fossilizados. O sol ardia, e os moços e moças sorriam, as sombras sumidas de vez debaixo de seus pés, debaixo dos arbustos, da bola, como se houvessem sido engolidas. O sol duplicava-se nos óculos pretos e marrons, duas pupilas de maizena em cascas escuras. Então dirigiam carrinhos falsos, frágeis, que não quebrariam jamais. Um paraíso silencioso, e os relógios davam as horas com exclamações de luz.

O sol

Se não houvesse ao menos um doente nessa cidade que força teria o sol para levantar-se, impor-se em sua abstrata geografia, como se levantaria se não houvesse uma febre para contrapor-se? A cidade, aqui, não tem história. E essa ausência é uma tragédia. Que o sol se levante então, mau, soberbo, uma página circular e em branco sobre a terra sem história, que se levante como uma alma escura dos pulmões em fole, enfileirados na Santa Casa. Que os sobrenomes se dissolvam e restem apenas Adão e o sol em ruínas.

Quando cultuávamos o sol os nossos mortos retornavam, esguios, em bruma. Nos ensinavam a colheita do fósforo, as simpatias e as coleções de delírio, os nomes das montanhas pedagógicas e o nojo infinito por tudo quanto fosse vegetal. Com um morto ao ombro, corvo verde, olhávamos o crescimento dos coqueiros e sabíamos que traduziam a luz, concentravam-se em um dos pólos da galáxia e convertiam o sol obeso em reza extensa, longilínea; havia delírio, havia doença e também duradouros momentos de relaxamento. Agora nossos mortos-vivos retornam, e nos dizem em grunhidos que não há nada além da pura sobrevivência. Além disso, calam-se, reunidos em sua assembleia cínica, a mão queimada da noite, enquanto sabemos que só é possível aprender aquilo que nos ensinam os mortos. E o sol gira sua concisa coroa de espinhos, nidificando em fogo para descer aqui, na cidade em trauma, e subir nos ombros dos doentes até que, recurvos, eles convertam-se em sede. Que o sol colha então os poucos dentes que nos restam, que nos encharque de pó, que prossiga inseminando como um touro essas suas cordilheiras de fogo.

Pois estamos crus. Morreremos sem sobrenome, sem história, esmagados pelos velhos discípulos da claridade. Que o sol erija seu sagrado formigueiro em outro canto do espaço, e leve consigo a doença, as mariposas, os astronautas e os demônios.

A vaca perdida na cidade

A vaca está perdida na cidade. Quem passa não consegue deixar de olhá-la, como se o mero fato de estar mal colocada a tornasse magnética. Sua língua azul escorrega até as narinas. Seu corpo, que parece grande demais e desproporcional à consciência, é branco e preto com manchas semelhantes a peças de quebra-cabeças. Mas mesmo o pêlo branco tem raízes escuras, como leite em um copo de pedras. As pessoas passam e riem; todas as cabeças no ônibus viram-se, consternadas. Ao ver que a vaca se equilibra com dificuldades no paralelepípedo da praça, algumas pessoas se enternecem. A cidade deformou-se sob o peso dessa quimera agrária. As crianças empacam apontando o animal, e deixam cair suas chupetas. "A vaquinha", diz um menino, como se olhasse um objeto que houvesse acabado de tomar vida. A cidade lembra-se de sua origem e não compreende mais a si mesma.

Posfácio

Os contos que compõem este livro de Tiago Donoso, *Terras nacionais e terras estrangeiras*, mostram o resultado, em ideia e carne, de um processo de decantação iniciado há um longo tempo. Eu incluiria neste lento processo o hábito de andar a pé, às vezes por longos dias e noites no acostamento das estradas, como um gesto duplo de renúncia ao mundo e esperança de encontrá-lo refeito em cidades esquecidas, condenadas à estagnação. A isto se deve acrescentar certo gosto pela rua, adquirido ao longo de nossa velha amizade marcada pela atmosfera dos bares arruinados, habitados por excluídos, abandonados, doentes, criminosos, idealistas, esquizofrênicos e por todos aqueles para quem a interpretação do mundo é uma forma de sobrevivência. Há, por isso, cheiro e textura nos textos de Tiago Donoso: sua matéria prima pode nascer de fragmentos de coisas há muito deixadas de lado. O mundo, sob esta atmosfera, é um misto entre o terrível e o encantado. Em uma destas noites, sob o efeito da carqueja e da culpa, será retirada a substância para a composição da próxima narrativa. Os contos de Tiago Donoso, por isso, fazem como um arco entre a realidade e a ficção: sua escrita inicia distanciando-se ao máximo do mundo real; esquiva-se e até certo ponto o rejeita para depois reconciliar-se com ele. E nunca com uma criação convencional ou "profissional": cabe-lhe o mérito da recusa às tentações da cultura de massa. Por isso seus contos são peças de interpretação sobre os homens e sobre os lugares: uma busca incessante pelo ponto cego das coisas e por tudo aquilo que o cotidiano absorve para depois dissipar na monocromática e tediosa normalidade. O espanto aparece sobre o que há de mais comum e de mais normal e é isso o que assusta. Talvez o leitor perceba o que quero dizer em contos como "Chuva em 1843", em que uma pedra de sabão, embrulhada em um pacote amarrado com cordas, adquire uma vida que de tão emblemática é quase uma rara espécie animal sobre a mesa de madeira preta.

Este livro, que insere o autor definitivamente na literatura brasileira após inúmeros outros trabalhos que não chegaram a público, coloca-o, sem dúvida, na plêiade entre os grandes autores. Sua narrativa, visceral, expansiva e profética, o comprova. Suas personagens não possuem apenas as imperfeições da realidade, como as marcas de ferrugem recentemente incorporadas ao cálculo da cultura de massa. Não se trata somente de um recurso técnico, mas de uma tentativa de aproximar-se, de forma religiosa, da ação oxidante da realidade sobre tudo o que é ideal. E, para tanto, o faz ao seu próprio estilo. Como quem pretende fazer fogo, sua escrita é como uma faísca resultante do choque entre duas pedras. Da colisão entre ironia e verdade, presença e ausência, exagero e simplicidade, sagrado e profano, realidade e fantasia, explode sua veia literária.

Cada um dos contos de Tiago Donoso são o apontar de dedo para uma direção. Momentaneamente nos sentimos em um estado de pré-consciência – quase um estado de inocência – em que tudo nos parece apresentado pela primeira vez. Por isso seus contos possuem o mérito de elevar o papel do leitor ao de poeta. Por um momento, somos nós quem revelamos a verdade de cada coisa. Ao caminhar por *Terras nacionais e terras estrangeiras*, sentimo-nos ao lado de um tipo raro de cicerone: somos acompanhados por uma legião de vozes a que tudo parece sacrificar em razão de um contato estranhíssimo com o óvulo do mundo.

Fernando Lionel Quiroga
Professor Doutor da Universidade Estadual de Goiás
Dezembro de 2020

Impresso em papel polen soft,
tipologia Garamond 12/14, no verão de 2021.